KB167694

사춘기라서 그래?

사춘기라서 그래?

초판 1쇄 2014년 5월 23일
초판 13쇄 2022년 5월 25일

지은이 이명랑

책임 편집 신정선
마케팅 강백산, 강지연
표지 디자인 곰곰 · 조희정
본문 디자인 문고은

펴낸이 이재일
펴낸곳 토토북

주소 04034 서울시 마포구 양화로11길 18, 3층(서교동, 원오빌딩)
전화 02-332-6255 | **팩스** 02-332-6286
홈페이지 www.totobook.com | **전자우편** totobooks@hanmail.net
출판등록 2002년 5월 30일 제10-2394호
ISBN 978-89-6496-187-2 43810

* 이 책의 사용 연령은 14세 이상입니다.
* 탐은 토토북의 청소년 출판 전문 브랜드입니다.

이명랑 지음

사춘기라서 그래?

탐

차 례

졸업 앨범

심장에 금이 갔다. 쩍.

"야, 이거 뭐냐. 윤현정 대단한데?"

"뭐야, 뭐야, 뭐야? 나도 보여 줘."

"우와! 끝내준다."

"어머, 현정이 웬일이니?"

쉬는 시간, 교실 뒤쪽에서 아이들 떠드는 소리가 들려온다. 그런데 내 이름이 자꾸 튀어나온다.

무슨 일이지?

고개를 갸웃거리며 아이들이 있는 곳으로 다가간다. 그리고 그 순간, 내 심장에 금이 갔다.

다른 사람도 아니고 하필이면 박민석이 펼치고 있는 졸업 앨범 속에서 내가 웃고 있다. 오른손 가운뎃손가락을 위로 치켜든 채로.

뭐지? 대체 뭐가 잘못된 거야!

둥글게 원을 그리고 있는 아이들을 밀치고 들어가 졸업 앨범을 집어 든다. 두 눈을 부릅뜬다. 그러나 정말이다. 아무리 들여다봐도 졸업 앨범 속의 나는 가운뎃손가락 하나를 치켜들고 있다.

"어떻게 졸업 앨범 찍으면서 이런 욕을 할 수 있냐?"

"선생님이 보시면 난리 나겠는데?"

"으하하!"

나는 과녁이 되었다. 사방에서 날아오는 비아냥과 놀림의 화살을 맞으며 나는 내 자리로 도망친다.

곧 수업 종이 울리고, 몰려 서 있던 아이들 모두 제자리에 앉는다. 모든 것이 평상시와 똑같아졌다. 나만 빼고 말이다.

선생님이 들어오시고 수업이 시작됐지만 나는 갇혀 버렸다. 한 번도 경험해 본 적 없는 낯선 세계에. 서양인들이 욕할 때 쓰는 바로 그 제스처의 세계에 말이다.

어떻게 이런 일이 있을 수 있지?

왜 하필 나한테 이런 일이?

수업 시간 내내 생각하고, 생각하고, 또 생각한다.

어째서 나하고는 전혀 상관없는 그 제스처가 버젓이 내 것이 되었는지를. 어째서 단체 사진 속의 내가 나로서는 상상할 수도 없는 몸짓을 한 채 웃고 있는지를.

아주 잠깐, 선생님 몰래 손을 뻗어 가방 속에 넣어 둔 졸업 앨범을 꺼낼까 생각한다.

그러다 선생님한테 걸리면?

윤현정, 수업 시간에 대체 뭐 하는 거야? 그 아래 감추고 있는 거 있지? 당장 이리로 가지고 나와!

으아악, 정말이지 생각하기도 싫다. 몰래 졸업 앨범을 보다 선생님한테 걸리면 보나마나 뻔하다. 앞으로 불려 나가 문제의 페이지를 펼쳐 보여 줘야 할 테고, 그럼 선생님도 내가 오른손 손가락 하나만 치켜들고 있는 걸 알게 될 거다.

그렇게 되면?

으으으, 생각만 해도 심장이 멎을 것만 같다.

결국 난 아무것도 할 수 없다. 서양인들이 욕할 때 쓰는 제스처의 세계에 갇혀 생각하는 것밖에는.

아, 정말 왜 하필이면 나한테 이런 일이 생긴 거지?

생각하기도 싫지만 어쩔 수 없다.

쉬는 시간마다 킥킥킥과 으하하의 화살이 날아온다. 화살을 어찌나 많이 맞았는지 등짝뿐만 아니라 뒤통수까지 따끔거린다.

아이들 웃음소리가 버스 안까지 쫓아온다. 버스 안에서도 길을 걸을 때도 난 계속 땅바닥만 내려다보고 걷는다.

어느새 집 앞이다.

"현정이 왔니? 어머, 손에 들고 있는 그거 뭐야? 우와, 졸업 앨범이잖아!"

현관문을 열자마자 엄마가 졸업 앨범을 낚아챈다. 어찌나 재빠른지 감출 틈도 없다. 우리 엄마로 말할 것 같으면 아줌마들 사이에서도 가장 재빠르기로 소문난 사람이니까.

얼마나 재빠르면 소문이 날 정도냐고? 우리 엄마의 재빠름에 관해서라면 내가 목격한 일들만 읊어도 끝이 없을 거다. 세일 기간에 마트에 갔을 때 수많은 사람들을 죄다 물리치고 달려가 딱 하나 남은 오리고기나 냉동 닭 등등을 잡아챈 일 같은 건 횟수를 헤아릴 수 없을 정도다.

얼마 전에는 이런 일도 있었다. 동네 아줌마들과 함께 우르르 바자회에 몰려갔다. 연예인들이 내놓은 물품을 파는 바자회였다. 아침 일찍 달려갔는데도 사람들이 너무 많아 하마터면 입장도 못할 뻔했다.

그런데 그 속에서도 우리 엄마는 단연 최고였다. 드디어 바자회 장소의 문이 열리고, 다다다다다닥 모두 뛰기 시작했다. 언젠가 텔레비전에서 봤던 아프리카 초원의 물소 떼처럼 목표물을 향해 달려가는 아줌마들!

나는 컥 숨이 막혔다. 이러다 밟혀 죽는 거 아니야, 움찔하며 발을 동동 구르고 있는데 저 앞쪽에서 검은 물체가 우뚝 솟아올랐다. 뒤이어 벼락 치는 소리가 들려왔다.

"심봤다!"

엄마였다. 엄마가 김삼주 핸드백을 깃발처럼 휘두르며 '심봤다'를 외치고 있었다. 난…… 정말 도망가고 싶었다. 주춤주춤 뒤로 물러섰다. 그때 뒤에 서 있던 소현이네 엄마가 내 등을 떠밀며 그럴 수 없이 큰 소리로 외쳤다.

"현정아, 현정아! 어머, 웬일이니? 너네 엄마가 잡았잖아! 현정 엄마! 현정 엄마!"

'현정 엄마' 소리가 사방에 울려 퍼졌다. 그러자 엄마는 올림픽에 나가 금메달을 딴 국가 대표처럼 의기양양한 얼굴로 나를 쳐다보지 뭔가. 곧이어 쩌렁쩌렁 울려 퍼진 내 이름 "현정아!"

그날을 나는 영원히 잊지 못하리라. 내 인생 가장 부끄러운 날로 말이다. 그런데 참 이상한 건 동네 아줌마들은 나와는 전혀 다른 의미로 그날을 잊지 못했다. 아줌마들은 우리 엄마가 모든 사람을 다 물리치고 딱 하나밖에 없던 김삼주 핸드백을 차지한 일을 얘기하고 또 얘기했다. 엄마는 레전드, 전설이 되었다.

어쩌다가 얘기가 그 악몽의 날로 날아갔지?

내가 하고 싶은 얘기는 이게 아니잖아?

나 왜 이래? 엄마 닮아서 이런 거 아냐?

말도 안 돼. 정말, 정말, 정말! 엄마는 닮기 싫단 말이야!

아무튼 하던 얘기로 다시 돌아가면, 현관문을 열자마자 엄마가 졸업 앨범을 낚아챘다는 거다. 김삼주 핸드백을 낚아챘던 바로 그 속도로.

"어쩜 다들 이렇게 근사하니? 요즘은 졸업 앨범도 진짜 봐줄 만하게 만드네. 우리 딸 어디 있나. 보나마나 제일 예쁠 텐데 뭐. 꼭꼭 숨어라 머리카락 보일라……."

한 장 한 장 졸업 앨범을 넘기며 엄마는 보물찾기 하듯 나를 찾기 시작한다. 1반에서부터 7반까지 내 사진이 나올 때까지 평을 해 가면서.

"소현이는 코가 좀 삐뚤어졌네. 어머, 민석이는 어깨를 왜 이렇게 웅크리고 앉았니? 민정이처럼 활짝 웃으면 얼마나 예뻐. 현정이 너도 웃었지? 엄마가 알려 줬잖아. 사진은 그래야 잘 나온다고. 웃었지, 응?"

엄마는 내 쪽은 보지도 않는다. 눈으로는 계속 졸업 앨범 속 아이들을 살피면서 나한테 이가 보일 정도로 웃었느냐고 묻는다. 엄마가 아주 잠시라도 졸업 앨범에서 눈을 떼고 내 얼굴을 들여다본다면 절대로 이런 멍청한 질문은 하지 못할 거다. 지금 내 얼굴은 매운 고추를 먹었을 때처럼 잔뜩 일그러져 있을 테니까.

"안 봐도 뻔하지. 우리 딸이 웃었으면 민정이는 비교도 안 되지. 그럼, 그럼. 엄마 딸이 어디 가겠어?"

엄마가 앨범을 넘기는 속도가 빨라지고 있다. 덩달아 내 심장에 금 가는 소리도 커져만 간다.

"뭐가 안 봐도 뻔하지야!"

참았던 눈물을 터트리고야 만다. 뚝뚝 바닥으로 떨어져 내린 눈물을 짓밟으며 달려가 졸업 앨범을 움켜쥔다.

홱 방문을 열고 들어가 문을 잠근다.

똑똑똑. 쾅쾅쾅. 똑똑. 쾅쾅.

밖에서 엄마가 방문을 부서질 듯 두드린다.

"대체 무슨 일이야? 문 열어! 안 열어?"

엄마는 질리지도 않는지 이젠 손잡이까지 흔들어 댄다. 방문이 흔들릴 때마다 나의 세계도 함께 흔들린다. 마치 63빌딩을 덮치고도 남을 큰 파도 위에 떠 있는 것만 같다. 나는 내가 언제 뒤집힐지 모르는 난파선에 올라탄 채 구조되기만을 바라는 탑승객처럼 느껴진다.

덜컥거리는 방문을 바라보다 철제 침대 위로 올라가 졸업 앨범을 펼친다. 앨범을 넘길 때마다 침대가 흔들리며 소리를 낸다.

삐거덕삐거덕. 삐거덕삐거덕.

오래되어 고장 나 버린 쇠붙이나 작동이 잘되지 않는 물건을 억지로 사용할 때 나는 소리가 방 안을 휘감는다. 무언가 잘못되어 가고 있다는 느낌이 들게 하는 소리가 내 귀를 메운다. 한 장 한 장 앨범을 넘길 때마다 그 느낌은 더욱 강해진다. 그러다 앨범 속에서 여러 아이들 틈에 섞여 앉은 내가 나타나자 그 느낌은 절망으로 변해 버린다. 앞으로의 내 삶도 삐거덕거리게 될 것만 같다.

나는 침대에 쪼그려 앉아 졸업 앨범 속의 나를 노려본다.

아이들의 웃음소리가 들려오는 것만 같다. 순간, 난파선의 탑승객보다 내가 더 불쌍하게 느껴진다. 난파선의 탑승객은 구조될 수 있다는 희망이라도 가질 수 있지. 그런데 나는? 나는 희망도 가질 수 없잖아! 이미 앨범까지 나온 마당에 내 사진만 다시 찍을 수는 없잖아!

"어떡하느냐고! 진짜 어떡하란 말이야!"

천장에 대고 울부짖는다.

"왜 그래? 무슨 일이니?"

문밖에서 엄마도 울부짖는다.

"제발 문 좀 열어. 무슨 일인지 말을 해야 알지, 제발!"

엄마의 목소리는 절박하다. 내 울부짖음을 덮고도 남을 만큼. 그래도 난 꿈쩍 안 한다. 지금 제일 속상한 사람은 바로 나니까.

엄마가 알아봤자 해 줄 수 있는 것도 없으니까.

"몰라, 몰라. 어떡하느냐구!"

엄마 들으란 듯이 더 크게 소리친다. 문에 대고 한 번, 졸업 앨범에 대고 한 번.

"연다, 지금 열어!"

덜컥 하며 손잡이가 돌아간다. 방문이 열리며 엄마가 들어온다. 엄마 손에 열쇠꾸러미가 들려 있다.

뭐야? 엄마면 다야?

아무리 엄마라도 그렇지 이렇게 멋대로 남의 방문을 막 열고 들어와도 되는 거야?

너무 화가 나 말도 하기 싫다. 졸업 앨범을 발로 걷어찬다. 앨범이 침대 밑으로 떨어지며 쿵 소리를 낸다.

쳇.

나는 이불을 홱 끌어당겨 머리 위로 뒤집어쓴다. 질끈 눈을 감아 버린다.

"졸업 앨범 때문이지, 맞지?"

엄마는 내 침대 옆에 바짝 붙어 서서 자꾸 캐묻는다.

흥, 내가 대답할 줄 알고?

나는 이불을 온몸에 둘둘 말아 버린다. 새우처럼 잔뜩 웅크린다. 아무리 엄마라도 이러면 이불을 빼앗지는 못하겠지.

"말하기 싫으면 하지 마. 엄마가 꼭 밝혀낼 테니까!"

뒤이어 부스럭거리는 소리가 들려온다. 엄마 몰래 살짝 고개를 들어 쳐다본다. 역시 우리 엄마다. 엄마는 자기가 무슨 형사라도 된 것처럼 졸업 앨범을 살피고 있다. 바로 내 사진을. 오른손 손가락 하나만 치켜들고 있는 그 문제의 사진을.

"뭐지, 진짜 잘 나왔는데……. 이도 가지런하게 어쩜 이렇게 예쁘게 웃었니? 역시 내 딸이라니까. 그런데 뭐가 문제야?"

정말 어머머, 다.

엄마 눈엔 정말 안 보이는 걸까.

밀가루 반죽을 붙여 놓은 것같이 통통 부은 눈두덩이며 눈동자를 알아보기 힘들만큼 쫙 찢어진 눈은 그렇다 치자. 엄마 눈엔 내 눈이 작은 편도 아니고 부은 것도 아닐 수 있다. 왜? 그야 내가 엄마 딸이니까. 고슴도치도 자기 새끼는 예쁘다니까. 그래도 내 손가락까지 안 보인다는 건 말이 안 되는 거 아니야? 누가 봐도 욕하는 제스처처럼 보이는데?

"단체 사진만 잘 나온 줄 알았더니 독사진도 예쁘네."

이젠 정말 못 참겠다. 이불을 걷어차고 일어나 소리친다.

"엄마!"

"어유, 깜짝이야."

"엄마 눈엔 정말 이게 안 보여?"

졸업 앨범을 빼앗아 단체 사진이 나와 있는 면을 펼친다. 눈 앞에 펼쳐 줘도 엄만 뭐가 잘못됐는지 모른다.

"좀 보라구. 내 손 보여, 안 보여?"

손가락으로 쿡쿡 졸업 앨범 속의 내 손을 찌른다. 그제야 엄마는 눈을 크게 뜨고 들여다본다.

"어머, 어머. 이게 뭐니?"

"이제 봤어? 봤지? 엄마 눈에도 이상하게 보이지? 꼭 그걸로 보이지, 엉?"

"그러네. 진짜 그걸로 보이는데?"

"진짜는 뭐가 진짜야!"

엄마가 사진을 찍은 것도 아니다. 엄마 눈이 잘못된 것도 아니다. 엄마가 먼저 그걸로 보인다고 말한 것도 아니다. 내가 묻고 엄마는 그저 대답한 것뿐이다. 그런데 화가 난다.

아무리 사실이라지만 엄마까지 그렇다고 얘기하면 어떡해!

내가 그걸로 보이냐고 묻는다고 진짜 그걸로 보인다고 대답하면 어쩌라구!

"어쩌다 이렇게 된 거야? 가만, 이거 브이하고 찍은 건데 손가락이 잘린 거잖아. 왜 하필이면 네가 단체 사진 찍을 때 제일 가장자리에 있었어?"

역시 우리 엄마다. 내가 말하지 않아도 할 말을 대신 다 한다.

내가 설명해 주지 않아도 무슨 일이 있었는지 다 안다. 그래서 나는 말을 안 한다. 입을 더 꾹 다문다.

단체 사진 찍을 때는 번호 순서대로 가운데 설 사람을 정했는데, 막상 내 차례가 되자 이번에는 아무렇게나 먼저 자리를 잡은 사람이 가운데 서고 말았다는 얘기 같은 거, 난 절대 하지 않을 거다. 이제야말로 내 차례가 되어 한껏 폼을 잡는데 지원이가 밀치고 들어와 가장자리로 밀려나 버리고 말았다는 얘기 따위, 절대 절대 하지 않을 거다. 민석이가 보고 있어서 싸우고 싶어도 싸울 수조차 없었다는 말이나 내 자리를 차지한 지원이 옆에 서서 이가 드러날 정도로 웃고 있지만 실은 죽고 싶을 만큼 억울했다는 얘기, 난 하지 않을 거다. 가장자리로 밀려났기 때문에 브이 자 모양으로 펼치고 있던 손가락 하나가 잘려 버렸다는 설명 따위, 진짜 하고 싶지 않다.

이런 설명을 해 봤자 뻔하니까.

넌 대체 생각이 있는 거니, 없는 거니? 지원이가 밀치고 들어왔어도 이번엔 내 차례라고 말했으면 이런 일도 없었을 거 아니야!

엄마가 내게 할 말, 안 들어도 뻔한 그 말……. 실은 나도 이미 나한테 수백 번 되풀이한 거니까.

그날 난 왜 내 권리를 제대로 주장하지 못했을까?

지원이는 벌써 한 번 가운데 서서 사진을 찍었다. 민석이도 재혁이도 은비도 모두 한 번씩 가운데 서서 찍었다. 그러니까 내 차례가 되어 내가 가운데 서는 건 너무 당연한 거였다.

그런데 왜?

그때 왜 난 아무 말 못했을까?

사진사 아저씨가 빨리 찍으라고 해서?

그런 일로 아이들과 싸우고 싶지 않아서?

나 때문에 분위기가 나빠질까 봐?

설마 내 손이 잘리게 될 줄은 꿈에도 몰랐으니까?

난 대체 왜 이렇게 바보인 걸까?

난 대체 왜 이렇게 어리바리한 걸까?

내 차례라고 한마디만 했으면 이런 일은 없었을 거다.

이런 졸업 앨범은 갖게 되지 않았을 거다.

아, 앞으로 민석이 얼굴을 어떻게 보지?

민석이는 내가 자기를 좋아하는 줄도 모른다. 앞으로 동창회에 나가도 민석이는 내 맘을 전혀 모르니까 아무렇지 않게 졸업 앨범 얘기를 꺼낼지도 모른다. 애들아, 우리 초등학교 졸업 앨범 생각나냐? 그때 윤현정 정말 대단했었잖아. 이러는 거 아니야?

아, 정말 싫다, 싫어!

"왜 말이 없어? 이 사진 찍을 때만 가장자리에 있었어, 아님 계속 너만 가장자리에 있었던 거야? 뭐라고 말 좀 해 봐."

엄마가 자꾸 재촉한다. 대답을 하란다.

대체 뭘? 뭐라고 대답해야 해?

그래요, 엄마 딸은 바보라서 계속 가장자리에만 있었어요. 내가 가운데 설 차례가 되었을 때도 가장자리로 밀려났어요.

엄마는 정말 이런 대답을 듣고 싶은 걸까.

내 입으로 꼭 그런 말을 하게 만들어야 직성이 풀리는 걸까.

"안 되겠다. 학교에 전화해 봐야지."

엄마가 벌떡 일어선다. 당장이라도 학교에 전화를 걸 기세다.

어떻게 그런 생각을 할 수 있는 거야?

"엄마! 엄만 내 엄마면서 내 마음을 왜 이렇게 몰라주냐구!"

엄마 팔목을 움켜쥔다. 엄마가 학교로 전화를 걸면 내 입장은 뭐가 되느냐고 따진다. 그래도 엄마는 끄떡 안 한다.

"네 입장을 생각하니까 이러는 거지. 너, 졸업 앨범이 어떤 건 줄 알아? 시집가면 남편이 네 졸업 앨범 안 볼 것 같니? 애들은? 이다음에 결혼해서 애를 낳았어. 네 자식이 엄마 졸업 앨범을 본 거야. 그런데 엄마가 보란 듯이 손가락 하나를 내밀고 있어. 네가 네 자식이라면 널 어떻게 생각하겠니?"

엄마는…… 정말 내 엄마가 맞는 걸까.

엄마가 지금 무슨 말을 하는지 알고나 있는 걸까.

내가 얼마나 상처받는지 내 마음을 헤아리기나 하는 걸까.

"나가, 나가라구!"

엄마 등을 떠민다. 있는 힘껏. 손도장을 찍듯 엄마 등을 꽉 누른다. 엄마 등에도 내 맘에 생긴 것과 똑같은 붉은 상처가 났으면 좋겠다.

"알았어. 나가면 되잖아!"

쾅 소리를 내며 닫힌 문에 등을 기댄다. 문을 걸어 잠근 사람은 나다. 그런데 이런 기분이 드는 건 왜일까? 누군가 나를 방에 가둔 것처럼 답답하다. 숨을 쉴 수가 없다.

"네, 행정실이죠? 혹시 이번 졸업 앨범 촬영한 사진관 전화번호 좀 알 수 있을까요?"

방문 틈으로 엄마 목소리가 들려온다. 역시 우리 엄마다. 내 기분 같은 건 상관도 안 한다.

"알려 줄 수 없다니요. 왜요? 문제가 있으니까 알아보려는 거죠. 뭐라구요, 그게 말이 되나요? 문의하는 사람마다 다 알려 주면 문제가 복잡해진다고요? 그건 사진관 사정이잖아요. 여보세요, 여보세요?"

엄마 목소리가 한 옥타브 올라갔다. 뜻대로 되지 않으면 엄마는 목소리부터 커진다. 아무래도 행정실에서는 사진관 전화번호를 알려 줄 수 없다고 했나 보다.

휴우. 그나마 다행인 건가?

"여보, 오늘 일찍 좀 들어와요. 현정이 졸업 앨범이 나왔는데 글쎄 손가락이 잘렸다니까. 차라리 팔 하나가 몽땅 잘리는 편이 나을 뻔했어. 이건 뭐 손가락 하나만 내밀고 있으니 누가 봐도 욕하는 거라고. 내가 과장한다고? 어휴, 당신도 당신 눈으로 직접 보면 그런 말 못할걸?"

이젠 아빠한테까지?

정말 못 말리는 엄마다.

"그래서 지금 제가 잘못했다는 겁니까?"

벌써 한 시간째다. 아빠는 어쩜 저럴 수가 있지? 어떻게 똑같은 말만 계속할 수 있는 거야?

퇴근 후, 아빠는 다짜고짜 졸업 앨범부터 찾았다. 엄마는 기다렸다는 듯이 문제의 페이지를 펼쳐 내 손가락 하나가 잘린 사진을 가리켰다.

"봐요, 봐. 내 말이 맞죠? 세상에 이럴 수가 있어?"

엄마가 화를 냈다면 아빠는 분노했다. 내 사진을 보자마자 후유, 후, 후유, 후, 거칠게 숨을 몰아쉬었다. 그러고는 "담임 전화번호 뭐야!"라는 거였다.

"가, 감히 우리 딸 손가락을 잘라? 내 딸이 어떤 딸인데!"

아빠가 어찌나 화를 내던지 그때까지 미주알고주알 일러바치던 엄마도 입을 다물었다. 나 역시 방문 앞에 우뚝 멈춰 서야 했다.

아빠는 정말 뿔난 송아지, 아니 뿔난 호랑이 같았다.

"다른 건 다 참겠는데 손이 잘렸잖아, 손이! 난 우리 현정이 휴대폰 요금 명세서 버릴 때도 이름이 잘려 나갈까 봐 조심하는 사람이야. 그런데 우리 딸 손을 잘라? 이게 말이 돼?"

난…… 솔직히 아빠 얘기가 말이 되는지 안 되는지 잘 모르겠다. 아무튼 아빠가 그렇게 화를 내는 모습은 처음 봤다. 놀라기는 엄마도 마찬가지였는지 슬슬 아빠 눈치를 보기 시작했다.

"담임 선생님 전화번호는 왜? 그냥 행정실에 전화해서 사진관 전화번호만 알려 달라고 하면 되지."

"이게 사진관에 전화해서 될 일이야?"

아빠 목소리가 어찌나 큰지 거실 등이 흔들거렸다.

"사진관에만 전화하면 되지, 뭘. 어차피 낼모레면 졸업인데 애들 다 모아 놓고 다시 찍을 수도 없잖아. 우리 현정이 것만 하나 제대로 만들어 달라고 하면 되지 않을까?"

"뭐가 그렇게 하면 되지 않을까야. 현정이 것만 만들면 뭐해. 다른 애들이 우리 현정이 손가락 잘린 사진을 다 갖고 있는데."

"그, 그럼?"

엄마 목소리가 심하게 떨리기 시작했다. 나도 안 좋은 예감에 몸을 떨었다.

설마 졸업 앨범을 전부 다시 만들어야 된다는 말은 아니겠지?

나는 아빠 곁으로 한 발짝 다가섰다.

"모조리 다시 만들라고 해야지."

아빠가 주먹을 불끈 쥐며 일어섰다.

"뭐라구요?"

"넷?"

엄마와 난 동시에 소리쳤다. 엄마 눈이 현정아, 지금 내가 들은 말 너도 들은 거 맞느냐고 묻고 있었다.

"지, 진짜 졸업 앨범을 전부 다시 만들라고 할 거야?"

엄마가 물었다.

"당연하지. 그럼 이걸 가만 놔둬? 앨범 볼 때마다 현정이 동창생들이 뭐라 그러겠어. 내 딸이 손가락 병신이 됐는데 가만 두고 봐? 내 말이 틀려?"

아빠가 엄마를 쳐다봤다. 엄마는 아무 대답도 하지 못했다.

"현정아, 아빠 말이 틀리냐?"

아빠가 나를 쳐다봤다. 나는 할 말을 잃고 가만히 서 있었다. 아빠 말이 틀린 건 아닌데 그렇다고 딱히 맞는 말도 아닌 것 같았다.

그리하여 아빠는 담임 선생님께 곧장 전화를 걸었다. 담임 선생님이 전화를 받기 전까지만 해도 나는 아빠가 진짜 그런 말을 하리라고는 상상조차 하지 못했다. 한두 권도 아니고 졸업 앨범을 전부 바꾸다니. 그게 말이나 돼? 그냥 한번 해 본 말일 거라고 생각했다.

그런데 웬걸?

"당연하죠. 졸업 앨범을 다 바꿔야죠. 네? 벌써 다 나눠 줬다구요? 그럼 다시 걷어야죠. 네? 아, 네. 그럼요. 그래서 지금 제가 잘못했다는 겁니까?"

벌써 한 시간째다. 아빠는 계속 "그래서 지금 제가 잘못했다는 겁니까?"라는 말만 되풀이하고 있다.

아, 정말 이게 무슨 일일까.

왜 하필이면 손가락이 두 개도 아니고 하나만 잘린 걸까.

왜 하필이면 미주알고주알 일러바치기 좋아하는 엄마의 딸로 태어난 걸까.

왜 하필이면 '그래서 지금 제가 잘못했다는 겁니까?'라는 말밖에 할 줄 모르는 아빠의 딸로 태어난 걸까.

내일 학교에 가면 담임 선생님한테는 뭐라고 해야 되는 거지?

왜? 왜? 왜?

왜 엄마 아빠는 내 생각은 조금도 하지 않는 거야?

이젠 정말 엄마 아빠하고는 한 마디도 하고 싶지 않아!

아니, 절대로 한 마디도 하지 않을 거라구!

엄마의 일기장 I

난 정말 쓸모없는 엄마인 거니?

일기장을 샀다.

우리 딸 현정이의 초등학교 졸업식을 하루 남겨 놓고 이 일기장을 샀다.

대학을 졸업한 뒤로 일기라는 걸 써 본 적이 있었나.

생각해 보니 남편이랑 연애할 때 몇 번인가 써 본 뒤로는 처음이다. 그때도 매일 일기를 썼던 건 아니다. 별것도 아닌 일로 싸우고는 헤어져야겠다고 결심했다든가 선물을 받았다든가 여행을 다녀왔다든가, 아무튼 특별한 일이 있을 때만 썼다. 그 뒤로 결혼을 하고, 육아 일기 말고는 따로 일기를 써 본 적은 없다.

오늘 아침 문득 일기를 써야겠구나 생각했다.

방문을 열고 나온 현정이가 내뱉은 첫마디 때문이었다. 현정이를 학교에 보낸 뒤로도 그 말이 가시처럼 박혀 심장을 쿡쿡 찔러 댔다.

"엄마 때문이야! 엄마하고는 이제 말도 하기 싫어!"

내가 미처 뭐라고 대꾸를 하기도 전에 현정이는 뛰쳐나갔다. 아침도 먹지 않은 채 신발도 제대로 신지 않고 나가 버렸다. 눈앞에서 현관문이 닫혔다. 내 앞을 가로막은 철문, 그 두꺼운 철문이 현정이와 나 사이를 가로막는 도저히 뛰어넘을 수 없는 장애물로 느껴졌다.

그 순간, 우리 사이가 어떻게 해 볼 수 없을 정도로 멀어져 버리는 건 아닐까 두려워졌다.

나는 소파에 무너지듯 주저앉았다. 거실 탁자 위에 졸업 앨범이 펼쳐져 있었다. 졸업 앨범 속에서 현정이가 나를 올려다봤다. 손가락 하나만 치켜든 채 웃는 얼굴을 보고 있으려니, 괜히 코끝이 시큰해졌다.

저렇게 해맑게 웃는 내 딸이 왜 나랑은 이제 한 마디도 하지 않겠다는 걸까.

밤새 얼마나 울었으면 두 눈이 그렇게 퉁퉁 부었을까.

졸업 앨범 속 현정이 얼굴을 한참 들여다봤다. 그렇게 하면 현정이 마음을 알 수 있기라도 한 것처럼.

그래, 분명 졸업 앨범 때문에 마음이 상해서 그랬을 거야. 그렇다고 해도 나 때문이라니. 모두 엄마 탓이라니. 사진 잘못 찍은 사람이 나야? 현정일 가장자리로 밀쳐 낸 사람이 나야? 내가 뭘 그렇게 잘못했는데?

그러다가 어제 있었던 일을 하나하나 꼼꼼히 따져 봤다. 현정이가 학교에서 돌아왔고, 졸업 앨범이 잘못 나온 걸 알게 됐고, 그래서 학교에 전화를 걸어 보자고 했다. 거기까진 분명 내가 말하고 내가 행동한 게 맞다. 그렇지만 정작 담임 선생님한테 전화를 건 사람은 내가 아니라 남편이었다.

남편은 정말 어머머, 였다.

"그래서 제가 잘못했다는 겁니까?"

이 말만 족히 삼십 번은 되풀이했을 거다. 이미 나눠 준 졸업 앨범을 전부 수거해서 다시 찍으라니, 그런 억지가 어디 있어?

그때 난 내 귀가 잘못된 줄 알았다. 남편이 그 말을 내뱉던 순간에는 현정이도 넋이 나간 표정으로 제 아빠를 쳐다봤다.

그러니까 잘못은 내가 아니라 남편이 한 거잖아?

그런데 왜 내 탓이야? 왜 나랑 말을 안 해?

생각할수록 화가 치밀었다. 오전 내내 기분이 나빴다. 그러다 점심 무렵이 지났고, 조금 있으니 현정이가 학교에서 돌아올 시간이 되었다. 싱크대에 잔뜩 쌓여 있는 설거지며 어수선한 집

안 풍경을 보고 있자니 슬슬 후회가 됐다.

엄마가 이러면 안 되지. 현정이라고 화를 내고 싶어서 냈겠어? 속상하니까 그랬겠지.

마음을 추스르고 서둘러 설거지를 하고 청소기를 돌렸다. 현정이가 좋아하는 스파게티도 만들었다.

그런데 왜? 대체 왜?

현정인 내가 만든 스파게티를 쳐다보지도 않았다. 억지로 식탁 앞으로 끌고 와 앉혔더니 입 꾹 다물고 스파게티만 노려봤다. 마음 같아서는 "야, 윤현정! 너 지금 음식 앞에 놓고 뭐 하는 짓이야." 하고 소리를 질러 주고 싶었지만 참았다. 도를 닦는 심정으로 말이다.

"먹기 싫어도 한입만 먹어 봐. 엄마가 현정이 위해서 만든 건데 이러면 안 되지."

미소까지 지으며 현정이 손에 포크를 쥐어 주었다.

"날 위해서 만들었다고? 그러니까 왜? 누가 이딴 거 만들어 달래? 엄마가 도와준답시고 나서서 제대로 된 일이 뭐가 있어!"

현정이가 나를 똑바로 노려보면서 외쳤다. 그러고는 끝이었다. 제 방으로 들어가 한 번도 나오지 않았다.

기가 막히다는 말, 이럴 때 쓰는 거였나?

현정이 주려고 만든 스파게티를 꾸역꾸역 입에 밀어 넣었다.

차가운 면발이 식도를 꽉 막았다.

우욱 우욱, 면발과 함께 서러움이라고 불러도 좋을 감정이 꾸역꾸역 밀려 올라왔다.

'엄마가 도와준답시고 나서서 제대로 된 일이 뭐가 있어!'

현정이 말이 귓가를 맴돌았다.

내 딸은 나를, 이 엄마를 그렇게 생각하는 걸까.

현정이한테 나는 정말 쓸모없는 엄마인 걸까.

현정이의 방문을 열고 들어가 묻고 싶었지만 차마 그러지 못했다. 굳게 닫힌 방문 앞에 서자 "절대로 들어오지 마!"라는 말을 들은 것처럼 꼼짝도 할 수 없었다.

남편이 퇴근해서 돌아올 때까지 우리는 서로의 방에 틀어박혀 누에고치처럼 꼼짝도 하지 않았다.

거실에서 들려오는 현정이와 남편의 웃음소리를 들으며 혼자 욕실 변기에 쪼그려 앉아 일기를 쓴다.

현정인 나한테는 화를 내면서 아빠한테는 왜 저렇게 살갑게 구는 걸까.

일부러 내 화를 돋우려고 그러는 건가.

남편은 퇴근해서 돌아오자마자 현정이한테 달려갔다.

"현정아, 우리 공주님. 아빠한테 왜 그래, 응?"

"나가. 아빠하고는 말도 하기 싫다구!"

"아이, 우리 공주님이 왜 이래?"

"뭐가 왜 이래야? 아빠 때문에 내가 학교에서 얼마나 창피했는 줄 알아? 아빠랑은 이제 말도 안 해!"

현정이 목소리가 앙칼졌다.

"우리 공주님이 아주 단단히 삐쳤구먼. 그래도 할 수 없어. 아빠는 우리 공주님 손가락 잘린 꼴은 못 본다. 왜? 이 세상에서 우리 공주님이 최고니까."

남편은 얼렁뚱땅 작전으로 나갔다. 현정이가 나가라고 소리치고 싫다고 뿌리쳐도 꽉 껴안고는 얼굴을 부벼 댔다. 그래도 현정이 마음이 풀리지 않자 작전을 바꿔 이러는 거였다.

"우리 공주님 갖고 싶은 거 없어? 아빠가 뭐든 사 줄게. 나가서 우리 공주님 갖고 싶은 것도 사고 맛있는 것도 먹고 올까?"

잔뜩 독기를 품고 있던 현정이 눈에서 힘이 빠지는가 싶더니 "그럼 피자 먹어도 돼?"라며 슬슬 몸을 일으켜 세웠다.

"피자? 좋지. 우리 공주님 혹시 저녁도 안 먹은 거 아니야? 당신은 집에 있으면서 애 밥도 안 주고 뭐 했어. 우리 공주님, 빨리 나가실까요?"

남편 말이 떨어지기가 무섭게 현정이가 남편 팔짱을 꼈다. 그러고는 같이 가자는 말도 없이 둘이 나가 버렸다.

정말 어머머, 였다.

두 시간 남짓 혼자 집을 지켰다. 경비견처럼 말이다. 저녁도 굶고 기다렸더니 남편이 돌아와서 한다는 첫마디가 "우리 현정이는 아빠가 좋아, 엄마가 좋아?"였다.

"당연히 아빠가 더 좋지."

현정이는 한술 더 떴다. 나 보란 듯이 제 아빠 볼에 쪽쪽 뽀뽀까지 해 댔다. 쇼핑백을 한 개도 아니고 두 개나 들고 온 걸 보니 남편이 선물 공세를 퍼부은 게 뻔했다. 아니, 누군 뭐 돈 펑펑 쓰고 싶지 않아서 안 써? 안 쓰는 게 아니라 못 쓰는 거지. 얼마 안 되는 월급 갖고 이렇게 저렇게 구멍 안 내고 살아 보려고 애쓰는데 자기는 애 데리고 나가서 카드나 긁고 와?

혼자 좋은 아빠 노릇은 도맡아 하는 남편이 그렇게 얄미울 수가 없었다. 나는 화가 나 죽겠는데 남편은 현정이 머리를 쓰다듬으며 좋은 아빠 노릇을 계속 해 댔다.

"아빠는 말이야, 세상에서 우리 딸이 젤 예뻐. 내일 졸업식에 온 사람들이 우리 현정이만 쳐다보면 어쩌지? 남들이 너무 많이 쳐다보면 우리 현정이 얼굴 다 닳아 버리는 거 아니야?"

"진짜? 아빠 눈엔 내가 젤 예뻐?"

"그럼, 그걸 말이라고 해."

"역시 우리 아빠가 최고라니까. 난 이다음에 취직해서 월급

타면 아빠 내복만 사 주고 엄만 안 사 줄 거야."

그러면서 현정이가 나를 흘겨보는데, 정말 기가 막혔다.

아무리 딸이라지만 아무리 철이 없다지만 현정이 네가 이러면 안 되는 거 아니니?

어젯밤에 아빠가 담임 선생님한테 전화를 걸어 말도 안 되는 얘기할 때 너도 나처럼 펄펄 뛰며 눈을 흘겼잖아? 졸업 앨범을 어떻게 전부 걷어 다시 만드느냐고 아빠한테 따진 사람도 너 아니니? 그런 얘기 하지도 말라며 난리 친 사람이 누군데? 그런데 뭐, 엄마 내복은 안 사 줘? 아빠한테 선물 몇 개 받았다고 금세 마음을 바꿔?

창피해서 이제 담임 선생님 얼굴을 어떻게 보느냐며 네가 문 걸어 잠갔을 때, 아빠가 뭐라고 한 줄이나 알아? 담임 선생님 만나서 안 되면 교장 선생님한테 쫓아간다고 했어. 오늘 아침에도 내가 아빠를 붙잡고 달래고 설득하고 꼬여서 겨우겨우 네 졸업 앨범 한 권만 제대로 만들기로 한 거라고. 아무것도 모르면서 아빠가 최고라고?

흥.

정말 흥이다.

현정이나 남편이나 내가 지금 어떤 마음으로 일기를 쓰고 있는지 알고나 있을까.

아무튼 둘이만 외식하고 돌아와 그때부터 지금까지 나란히 거실 소파에 앉아 텔레비전을 보고 있다.

깔깔깔, 허허허, 호호호, 낄낄낄.

대체 뭐가 그렇게 좋은 걸까.

나만 빼고 뭐가 그렇게 즐거운 걸까.

어쩌면 나, 정말 우리 현정이한테 미움 받고 있는 건가.

어쩌면 나, 정말 우리 현정이한테 쓸모없는 엄마인 거야?

교복
맞추는 날

교복은 옷이 아니다. 상징이다. 중학생이 됐다는 상징.

교복은 그저 그런 중학생의 상징이 아니다. 스타일이 있는 중학생인지 아닌지, 센스가 있는 중학생인지 아닌지를 나누는 상징이다.

중학교 입학이 앞으로 바짝 다가오자 요새는 학원에서도 온통 교복 얘기뿐이다. 오늘도 학원 셔틀버스에서 내려 강의실로 들어가자마자 여자애들이 모여 앉아 교복 이야기를 하고 있다.

"난 벌써 결정했어. 코르셋 교복으로 살 거야."

"코르셋 교복?"

지원이 말에 멀찍이 떨어져 앉아 있던 민정이까지 쫓아온다.

"엄마랑 스쿨센스에도 가 보고 하이룩스에도 가 보고 학교 앞 맞춤 교복집에도 가 봤거든. 다 입어 봤는데 스쿨센스 코르셋 교복이 제일 괜찮더라고."

지원이가 한껏 거드름을 피운다.

"그러니까 코르셋 교복이 뭐냐니까?"

민정이가 묻자, 지원이는 넌 그것도 모르냐는 듯이 민정이를 위아래로 훑어본다.

칫 소리가 절로 나왔지만 나도 귀를 쫑긋 세운다. 지원이가 얄미운 건 바로 이래서다. 잘난 척하는 건 정말 꼴 보기 싫은데 꼭 맞는 말만 한다. 꼭 아이들이 관심 있는 화제만 골라서 한다. 그러니 지원이 말에 귀 기울이지 않을 수가 없다.

"교복 재킷 안쪽으로 지퍼가 있어. 학교에서 공부할 땐 편하게 지퍼를 내렸다가 등하교할 때 위로 올리면 허리가 쏙 들어가는 거지."

"아하, 그래서 코르셋 교복이구나. 코르셋 입은 것처럼 허리를 줄여 주니까?"

"뭐 그렇지."

정말 칫이다. 아직 코르셋 교복을 산 것도 아니면서 지원이는 마치 벌써 코르셋 교복을 입고 다녀 본 것처럼 잘난 척이다. 누가 잘난 척 아니랄까 봐.

아, 나도 지원이처럼 잘난 척할 수 있으면 얼마나 좋을까. 지원이는 벌써 교복 매장까지 둘러봤다는데 난 가 보지도 못했으니…….

"지원이 넌 정말 좋겠다. 우리 엄만 무조건 공동구매 하래. 언니도 공동구매 했으니까."

민정이가 한숨을 내쉰다.

"공동구매? 그런 것도 있어?"

난 분명히 민정이한테 물었다. 그런데 지원이가 또 아는 척이다.

"예비 소집일에 학교 가면 공동구매 하는 매장이랑 날짜랑 다 알려 주잖아. 공동구매 하면 좀 싸겠지 뭐. 난 아무리 싸도 공동구매는 안 할 거야."

"왜? 싸면 좋잖아."

얼마 남지 않은 핫바를 우걱우걱 씹으며 소현이가 지원이를 돌아본다. 핫바에 바른 빨간 케첩이 흘러내릴 것만 같다. 지원이는 상체를 뒤로 잔뜩 제치며 손사래를 친다.

"야, 싸면 다 좋냐? 다른 옷도 아니고 매일 입고 다니는 교복인데 비싸도 내 맘에 드는 걸 사야지. 싸다고 아무거나 막 사? 하긴 뭐 너야……."

지원이가 말끝을 흐린다. 그러나 민정이도 나도 지원이의 다음 말이 뭔지 안다. 소현이 너야 먹는 것밖엔 관심 없는 돼지니까라는 말을 하려던 거겠지. 민정이도 나도 불쾌한 기분을 감추지 못해 입술을 일그러뜨리는데, 정작 당사자인 소현이는 아무 느낌이 없나 보다. 후루룩 소리를 내며 마지막 한입 남은 핫바를 얼른 먹어 치운다. 그 모습에 소현이 편을 들어 주려던 생각이 싹 사라져 버리고 만다.

"너희 그거 아냐? 공동구매 교복은 다 재고래."

"진짜?"

갑자기 대화에 끼어든 민석이의 등장으로 분위기가 돌변한다. 지원이 때문에 싸늘해질 뻔했던 분위기는 다시 활기를 띤다. 역시 민석이다.

말 한마디로 분위기를 단박에 바꿔 놓을 수 있는 남자라니. 역시 내가 남자 보는 눈은 있다니까! 이 정도 남자라면 좋아할 만하잖아?

관심 없는 척 안 보는 척 티 내지 않으려고 애쓰면서 곁눈질로 민석이를 훔쳐본다. 오늘 민석이는 검은색에 가까운 다크 블루 색상 청바지에 흰색 터틀넥을 입었다.

어쩜, 옷 입는 센스도 이렇게 뛰어날까?

"내 생각엔 진짜 같아. 재고니까 싸게 파는 거지."

"야, 그리고 같은 날 다 몰려가서 사는데 얼마나 복잡하겠냐.

제대로 입어 보지도 못할걸?"

"정말 그렇겠네."

"그런데 우리 학교 교복이 종로구에서 제일 예쁜 교복으로 선정됐다며?"

"그런 건 대체 누가 선정하는데? 우리 학교 교복이 뭐가 예쁘니. 내가 보기엔 나무여중 교복이 최고더라."

"그치? 아, 나무여중 교복 정말 너무 예뻐."

"내가 보기에도 예쁘긴 예쁘더라."

민석이 말에 나는 귀를 쫑긋 세운다. 나무여중 교복을 칭찬하다니, 얼마나 예쁘면 민석이까지?

"그 학교 누나들 보면 이상하게 허리가 가늘어 보이던데?"

"뭐야, 박민석! 넌 교복은 안 보고 여자 허리나 보고 다니냐?"

소현이가 민석이 등을 짝 소리 나게 때린다. 민석이가 어쿠쿠 소리를 내며 아픈 척하더니 자기 자리로 가 버린다.

아유, 눈치 없는 소현이.

"너희 다른 학교 언니들이 우리 학교 교복을 뭐라고 부르는 줄 알아? 초록색 줄무늬만 튄다고 토끼풀이란다, 토끼풀."

"뭐 토끼풀?"

그 뒤로도 중1 대비 수학 수업이 시작되기 전까지 여자애들은 어느 학교 교복이 제일 예쁘고 멋있는지, 제일 안 예쁜 교복은 어느 학교인지, 또 입었을 때 제일 예쁘게 보이는 치마 길이는 어느 정도인지 등등 교복에 대해 알고 있는 정보를 교환했다. 여자애들이 옷이나 화장품 이야기를 하면 한심하다는 듯 쳐다보던 남자애들까지도 교복 이야기에는 열을 냈다.

나는 아이들이 떠드는 소리를 들으며 교복을 입은 내 모습, 교복을 입은 민석이 모습, 그리고 교복을 입고 나란히 걷는 민석이와 내 모습을 상상한다.

"중학교에 가면 제일 어려운 과목이 뭔지 알지? 바로 수학, 과학이야. 특히 중학교 수학 성적은 고등학교 때까지 이어지고 바로 대학 진학과 연결된다는 사실 명심해라."

수업이 시작되고 담당 선생님이 들어와 잔뜩 겁을 준다. 몇몇은 끼익 소리를 내며 의자를 앞으로 바짝 당겨 앉는다. 엉덩이를 의자 등받이에 딱 붙이고 허리를 꼿꼿이 세우는 아이들도 눈에 띈다.

이제 선생님은 수학 문제집의 첫 문제를 칠판에 적어 나간다. 또각또각 소리에 긴장감마저 감돈다. 내 귀에는 또각또각 소리가 마치 교복 매장으로 뛰어가는 구두 소리처럼 들린다. 그 소리에 맞춰 내 마음은 벌써 스쿨센스 매장과 하이룩스 매장으로 달려간다.

호호호, 코르셋 교복이란 말이지?

드디어 내일이라니.

내일이 예비 소집일이라고 생각하니 잠도 오지 않는다. 내 가슴이 이렇게 설레는 건 앞으로 다니게 될 중학교에 대한 기대 때문만은 아니다. 예비 소집이 끝나자마자 교복을 사러 가기 때문이다.

아, 교복을 입고 거울 앞에 서면 어떤 기분일까?

일단 치마부터 입어 봐야지. 교복을 입었을 때 제일 먼저 시선이 가는 게 바로 치마 길이니까. 너무 길어도 안 되고 너무 짧아도 안 되고 다리가 제일 가늘어 보이는 길이, 딱 그런 길이여야 해. 엉덩이는 너무 딱 붙으면 안 돼. 너무 딱 붙으면 오히려 더 튀어나와 보이겠지? 자연스럽게 엉덩이를 감싸면서도 너무 헐렁하지 않은 사이즈를 골라야지. 그런 다음 블라우스를 입어 보는 거야. 블라우스를 고를 땐 허리둘레를 제일 신경 써야겠지? 허리야말로 여자의 생명 아니겠어? 허리가 잘록해야 날씬해 보이는 거니까.

아, 맞다. 지원이는 교복 재킷도 코르셋 재킷으로 산다고 했는데……. 어디서 판다고 했더라? 맞아. 스쿨센스 매장이라고 했어. 민석이는 또 어떻고. 나무여중 교복 얘기를 하면서 허리가 가늘어 보인다나 어쩐다나 그런 말을 하지 않았어? 그게 무슨 소리겠어? 민석이도 허리 가는 여자를 좋아한다는 얘기잖아. 그래, 무조건 스쿨센스 코르셋 교복이야. 그런데 스쿨센스가 제일 비싼 브랜드 아니야?

과연 엄마가 사 줄까.

우리 엄마로 말할 것 같으면 천 밀리미터 우유 한 개에 요구르트 한 개를 더 얹어 준다고 하면 버스로 세 정거장이나 되는 마트까지 찾아가서 기어코 그 상품을 사 오는 짠순이잖아. 엄마 같은 짠순이가 다른 브랜드보다 몇 만원이나 비싼 교복을 사 줄까.

에휴, 엄마랑 교복 매장에 갈 일을 생각하니 벌써부터 머리가 지끈거린다. 아니야, 그래도 생각해야 돼. 머리가 깨질 것 같아도 엄마 맘을 바꿀 방법을 생각해 내야 된다구. 교복은 그냥 옷이 아니잖아? 게다가 한 번 사면 3년을 입어야 하는데 아무거나 막 살 수는 없어.

무조건! 반드시! 스쿨센스와 하이룩스 매장 둘 다 가 봐야 해. 어떻게든!

내일은 내 인생에 가장 중요한 날이야. 이것저것 걱정하느라 망칠 수는 없다구!

각오를 다지며 가방 속에 숨겨 둔 셀프 성형 기구를 꺼낸다. 안경처럼 생긴 성형 기구를 손에 쥐고 거울 앞에 선다.

내일은 완전 예쁘게 보여야 돼. 예비 소집일이니까 당연히 같은 반이 될 애들이랑 만날 거 아냐? 첫인상이 얼마나 중요한데. 괜히 퉁퉁 부은 눈으로 갔다가 못생긴 애로 찍힐 필요는 없잖아. 또 알아? 어쩌면 민석이랑 마주칠지? 아니야, 난 꼭 민석이랑 같은 반이 될 거야.

거울 앞에 바짝 붙어 서서 성형 기구를 귀에 건다. 일명 쌍꺼풀 안경인데, 이 안경을 쓰면 쌍꺼풀이 생기도록 만들어진 플라스틱 고정 핀이 눈꺼풀에 착 달라붙는다.

으으으, 눈꺼풀이 눌리는 이 느낌.

조금 아프지만 이렇게 눈꺼풀을 눌러 주는 느낌이 너무 좋다. 이 느낌이야말로 쌍꺼풀이 생긴다는 증거니까. 내 눈꺼풀이 아무리 두꺼워도 이렇게 꽉꽉 눌러 주는데 쌍꺼풀이 안 생기겠어?

안경의 플라스틱 고정 핀을 쌍꺼풀 선에 잘 맞추고 침대 위로 올라가 눕는다. 엄마를 설득할 일이 걱정이기는 하지만 지금은 미용이 먼저다. 걱정은 일단 침대 밖으로 몰아내고 내일의 멋진 내 모습만을 상상하며 천장을 올려다본다.

쌍꺼풀아, 쌍꺼풀아, 내일 만나자!

싫다, 싫어!

어쩜 엄마는 내 마음을 이렇게 모를 수가 있지?

오늘이 무슨 날인지 뻔히 알면서 어떻게 이럴 수가 있어?

아침에 일어났더니 분명히 제자리에 있어야 할 물건이 보이지 않았다. 눈꺼풀을 꾹 누르고 있어야 하는 성형 기구가.

눈뜨자마자 처음 든 생각은 '어, 뭐가 이래?'였다. 너무 쉽게 눈이 떠졌으니까.

자면서 방바닥으로 떨어졌나?

벌떡 일어나 침대 밑을 살폈다. 침대 시트를 들어 올리고 밑바닥까지 샅샅이 뒤졌는데도 쌍꺼풀 안경은 눈에 띄지 않았다. 혹시 벽과 매트 사이에 끼었나 생각하며 매트를 번쩍 들어 올리는데 방문이 열렸다.

"현정이 너 정말 미쳤니? 이런 걸 하고 자면 어떡해."

엄마였다. 범인은 엄마였다.

"왜 엄마가 그걸 들고 있어? 내 방엔 또 언제 들어온 거야. 나한테 물어보지도 않고 엄마 멋대로 그걸 가져가면 어떡해?"

"어머, 어머. 뭐 뀐 놈이 화낸다고 네가 정말 딱 그 짝이다. 뭘 잘했다고 엄마한테 화를 내? 요새 뉴스에서 셀프 성형 기구가 어쩌고저쩌고 떠들어 대도 난 신경도 안 썼네."

"신경 안 썼으면 계속 안 쓰면 되지 왜 신경 쓰는데? 엄마가 뭘 알아."

"너 말 다 했어? 엄마가 뭘 아느냐니. 너보다는 훨씬 잘 안다,

왜? 이런 거 다 거짓말이야. 의학적으로 검증되지도 않았다잖아. 뉴스도 안 봤어? 너도 같이 봤잖아. 셀프 성형 기구 어쩌고 하는 거 아무 효과 없대. 효과가 있어도 아주 일시적이란다."

엄마는 쌍꺼풀 안경을 위아래로 흔들어 댔다. 삿대질하듯 말이다.

"엄마가 무슨 상관이야. 엄마가 샀어? 내가 내 용돈으로 샀다구."

"뭐, 네 용돈으로 사? 네 용돈은 누가 주는데. 밖에 나가서 기죽지 말라고 넉넉히 줬더니 이딴 거나 사?"

엄마가 또 억지를 부리기 시작했다. 내 용돈이 넉넉하면 지원이나 소현이는 갑부인가. 엄마가 용돈 얘기를 꺼내자 나는 더 화가 났다. 엄마하고는 대화가 되지 않는다는 사실을 다시 확인하게 됐으니까.

어휴 소리가 절로 나왔다.

"네가 왜 한숨이야. 한숨은 엄마가 쉬어야지. 대체 생각이 있는 거니, 없는 거니? 엄마가 안 봤으면 어쩔 뻔했어. 이게 말로만 쌍꺼풀 만들어 주는 안경이지 실제로는 강제로 눈 뜨고 있게 하는 거 아냐. 자면서 어떻게 눈 뜨고 있을 생각을 했어?"

그 뒤로 엄마는 끝도 없이 이야기했다. 셀프 성형 기구의 부작용에 대해서 말이다. 눈꺼풀을 너무 오랫동안 강제로 뜨고 있으면 안구 건조증이 발생할 수도 있다, 고정 핀으로 안구를 잘못 찌르면 실명할 수도 있다 등등 어쩌면 벌어졌을지도 모를 끔찍한 일들에 대해 늘어놓았다.

엄마 입을 다물게 하려면 나로서는 달리 방법이 없었다.

"그만, 그만 좀 하라니까! 엄만 집에만 있으니까 모른다고, 몰라! 아무것도 모르면서 제발 간섭 좀 하지 말라구. 요즘 이런 거 안 하는 애가 있는 줄 알아? 엄마처럼 고리타분한 사람은 애들 사이에 끼지도 못한단 말이야!"

순간, 엄마 얼굴이 눈에 띄게 일그러졌다.

"고, 고리타분? 집에만 있으니까 아무것도 모른다고?"

정신이 번쩍 들었다. 내가 너무 심했나 하는 생각이 들었지만 이미 뱉은 말을 주워 담을 수는 없었다.

그리하여 지금 엄마와 나는 한 마디도 하지 않는다. 버스 뒷자리에 나란히 앉아 있지만 각자 딴생각에 빠져 밖을 내다본다. 차라리 소리치고 싸우는 편이 훨씬 마음 편하다. 이런 식의 침묵은 견디기 어렵다.

왜 하필 예비 소집일에 엄마랑 다투고 만 걸까?

내가 상상한 예비 소집일은 이런 게 아니었는데…….

앞으로 다니게 될 중학교에 도착할 때까지 엄마와 함께 웃고 떠들며 잔뜩 신이 난 예비 중학생의 모습, 그게 바로 내가 상상한 모습이었다구!

그런데 이 버스는 왜 이렇게 느린 거야?

칫, 무슨 예비 소집일이 이래?

아, 정말 오늘이 예비 소집일만 아니면 얼마나 좋을까.

그럼 엄마랑 이렇게 함께 있지 않아도 되잖아?

"오늘 꼭 우리 매장으로 오세요. 스타킹 한 켤레씩 덤으로 드려요."

앞으로 내가 다니게 될 중학교 교문 입구에 아주머니들이 서서 전단지를 나눠 준다.

"그러니까 오늘 여기로 가면 교복을 싸게 살 수 있다는 건가요?"

아주머니 한 분이 전단지를 내밀자마자 엄마 얼굴이 눈에 띄게 밝아진다.

"그럼요. 저희 매장에만 오시면 싸게 살 수 있는데 왜 구태여 비싸게 사세요? 오늘부터 3일간만 공동구매 하는 거니까 꼭 와 보세요."

"3일만 하는 거예요? 그럼 3일 후에는 싸게 못 사나 보죠?"

"당연하죠. 똑같은 교복이라도 공동구매 하는 거랑 원래 가격으로 사는 거랑 얼마나 차이가 나는데요? 여기 좀 보세요. 기본 세트는 무조건 다 사야 되잖아요. 재킷, 원단조끼, 니트조끼, 블라우스, 스커트, 거기에 체육복까지."

아주머니가 전단지 아랫부분을 손가락으로 가리킨다.

"세상에! 재킷하고 치마만 사면 되는 줄 알았더니 살 게 많네……. 현정아, 여기 좀 봐 봐. 너희 학교는 조끼도 원단조끼라는 거랑 니트조끼 두 개나 사야 되나 봐. 어머, 추가 선택 사항에 바지도 있는데, 이것도 사야 되나?"

엄마가 전단지를 들이민다. 그러고는 교복 가격을 가리키며 "뭐 이렇게 사야 되는 게 많니?"라는 말을 몇 번이고 반복한다.

그사이에도 아주머니는 엄마 옆에 찰싹 달라붙어 계속 참견이다.

"보시면 아시겠지만 기본 세트에 카디건이랑 체육복만 추가해도 30만 원이 훌쩍 넘어요. 공동구매 가격이 이 정도인데 제값 다 주고 사면 얼마나 비싸겠어요? 안 그래요? 게다가 블라우스랑 스커트는 하나 가지고는 안 된다니까요. 요새 블라우스랑 스커트 하나씩만 사는 사람 거의 없어요. 애들이 얼마나 땀을 많이 흘려요? 매일 입고 갔다 와서 빨아야 되는데 한 개 갖고 어떻게 학교를 다니겠어요? 블라우스랑 스커트는 무조건 두 개는 사야 되는데 공동구매 기간 끝나면 원래 가격으로 다 사야 된다니까요."

아주머니 설명이 길어질수록 엄마 얼굴이 흙빛으로 변해 간다. 예상했던 것보다 훨씬 돈이 많이 들어갈 것 같아서 그런 걸 거다. 엄마 얼굴을 보고 있으려니 내 마음에도 먹구름이 쫙 깔리는 기분이다.

"현정아, 무조건 공동구매 하는 데로 가 보자. 예비 소집 끝나자마자 당장 가 봐야겠다. 겨우 3일만 싸게 판다는데 빨리 가야지. 늦게 갔다가 사이즈 없으면 어떡해, 알았지?"

엄마가 내 팔목을 움켜쥔다. 바자회 가기 전날이면 기필코 싼 물건을 사 가지고 오겠어 다짐하듯이 엄마는 반드시 우리 딸 교복을 누구보다도 싸게 사겠다며 각오를 다지는 것이다.

이런 엄마를 어떻게 설득해야 하나, 벌써부터 걱정이다.

"현정아, 현정아! 여기 네 이름 있다. 1반이네, 1반. 잘됐다, 정말 잘됐어. 생각해 보니까 엄마 학교 다닐 때도 1반이 항상 공부도 잘하고 태도도 좋은 애들이 많았던 것 같아. 완전 운수대통이다. 학교 오자마자 공동구매 전단지를 받지 않나, 우리 딸이 1반이 되질 않나. 호호호. 정말 너무 좋다. 딱 좋다."

강당 입구에 붙은 반 배정표를 보자마자 엄마가 호들갑이다. 엄마는 정말 내 엄마가 맞는 걸까? 왜 내가 1반인 것만 보고 1반에 배정된 다른 애들 이름은 보지 못하는 걸까. 많고 많은 애들 중에 왜 하필이면 지원이랑 또 같은 반인 거야. 초등학교 때도 얘랑 같은 반이 되는 해는 정말 지옥이었다. 그런데 중학교에 올라와서 또 같은 반이라니!

우리 현정이 중학교 3년이 잘 풀릴 것 같다며 무조건 좋은 식으로만 해석하는 엄마 옆에 붙어 서서 다시 한 번 반 배정표를 뚫어져라 살펴본다. 혹시 나랑 친한 친구가 있나 기대하면서. 초롬이, 연주, 채연이……. 아무리 살펴봐도 나하고 마음이 통할 것 같은 아이 이름은 보이지 않는다. 그렇게 기도를 했건만 민석이도 다른 반이다. 그나마 다행이라면 소현이가 한 반이라는 정도?

"뭐 해. 얼른 가서 앉아. 오늘은 무조건 단정해 보여야 해. 괜히 첫날부터 선생님한테 잘못 보이면 안 되니까 누가 말 걸어도 대꾸하지 마. 조용히 앉아서 선생님 말씀만 잘 들어야 해. 알았지, 우리 딸?"

엄마가 내 엉덩이를 톡톡 두드린다. 누가 볼까 겁이 나 얼른 엄마 손을 뿌리친다. 대체 엄만 왜 이렇게 생각이 없을까. 내가 유치원생이야? 이렇게 사람 많은 데서 딸 엉덩이를 두드리다니!

너무 화가 나 빽 소리를 지르고 싶지만 참는다, 참어.

지원이가 말한 코르셋 교복을 파는 매장에 꼭 가고야 말겠다는 생각으로 내 자리에 가서 앉는다.

예비 1학년생들이 자리에 앉자마자 교장 선생님 인사 말씀부터 각 학년 선생님들 소개까지 학교생활 안내가 이어진다.

“우리 학교는 명문 중학교입니다. 왜 명문인지는 따로 말씀드리지 않아도 다들 아시겠지요? 이 일대 중학교 중에서도 품행이 단정한 학교로 소문이 자자한 데다 학업 성취도도 우수해서 타 학교의 모범이 되는 학교가 바로 우리 학교입니다. 그럼 먼저 교복 규정에 대해 알려 드리겠습니다. 자, 3학년들 앞으로 나와 주세요.”

드디어 학생주임 선생님이 마이크를 입에서 떼어 아래로 내려놓는다. 여기저기서 한숨 쉬는 소리가 들려온다. 사회를 맡아 식을 진행해 나가는 선생님은 과연 학생주임이구나 싶을 만큼 무섭다. 학생주임 선생님이 학생들 쪽으로 시선을 돌릴 때면 주변 공기마저 팽팽하게 긴장하는 느낌이다.

학생주임 선생님이 무대 옆을 쳐다보자마자 대기하고 있던 3학년 오빠, 언니들이 차례로 무대 위로 올라온다. 잔뜩 긴장한 모습이 우리 예비 신입생들과 별로 다르지 않다.

“왼쪽에 서 있는 여학생 복장이 우리 학교 표준입니다. 자, 신발부터 살펴보겠습니다. 신발은 검은색이나 남색 운동화 또는 구두로 제한합니다. 양말은 발목 복숭아뼈 정도 높이가 적당해요. 치마는 무릎을 덮을 정도로 맞추세요. 무릎 위로 올라오는 길이는 안 됩니다."

그 뒤로 교칙에 대한 얘기가 끝도 없이 계속된다. 뭐는 되고 뭐는 안 되고 뭐는 되고 뭐는 안 되고……. 중학교 생활을 하려면 꼭 알아 두어야 할 얘기들이지만 내 귀에는 하나도 들어오지 않는다. 배정된 반으로 가서 담임 선생님과 인사하고 교과서를 받는 동안에도 내 머릿속은 온통 교복 생각으로 가득 차 있다.

어떻게 엄마를 설득하지?

엄마는 공동구매 매장에만 가 보려고 할 텐데.

선생님이 말씀하시는 도중에도 나는 몇 번이고 복도에 서 있는 엄마를 훔쳐본다. 다른 아주머니들은 화장도 곱게 하고 가장 좋은 옷을 입고 있는데, 우리 엄만 화장도 안 한 맨 얼굴에 낡은 오리털 점퍼를 걸치고 있다. 이런 날에도 화장품이 아까워 화장조차 하지 않는 엄마. 남의 시선 따위는 전혀 신경 쓰지 않는 엄마. 겉치레나 체면이 밥 먹여 주느냐는 말을 늘 달고 사는 엄마.

과연 엄마가 내 말을 들어 주기나 할까.

"우리 1반 너무 예쁘고 멋지다. 선생님은 입학식 날만 기다릴 것 같아. 너희도 빨리 중학생이 되고 싶지? 그럼 3월에 보자."

활짝 웃으며 인사하는 담임 선생님을 뒤로 하고 교실을 나온다.

"빨리 가자. 엄마가 다른 아줌마들이랑 얘기해 봤더니 오늘

다 공동구매 하는 매장에 가 본다잖아. 왜 이리 걸음이 느려?"

복도로 나오자마자 엄마가 내 팔을 확 잡아챘다. 어찌나 힘이 센지 뿌리칠 수도 없다.

나는 엄마한테 팔목을 붙잡힌 채 버스 정류장으로 끌려간다. 동시에 바쁘게 머리를 굴린다.

일단 공동구매 매장으로 가는 거야. 안 가 볼 수는 없지. 그리고 엄마가 시키는 대로 다 하는 거야. 엄마 비위를 실컷 맞춰 준 다음에 졸라 봐야지. 정 안 되면 새 가방도 새 신발도 필요 없다고 하는 거야. 그 대신 스쿨센스 매장과 하이룩스 매장에 가 보자고 해야지. 설마 가방이랑 신발도 안 산다고 하는데 겨우 몇 만원 비싸다고 코르셋 교복을 안 사 주겠어?

나도 모르게 웃음이 새어 나온다.

내 맘을 전혀 알 리 없는 엄마는 "그렇게 좋아? 교복 산다니까 아주 입이 찢어지는구나."라며 걸음을 서둔다.

아수라장이라는 말, 책 속에만 있는 줄 알았다. 교복 공동구매 매장에 도착하기 전까지는. 그런데 책 밖 세상에도 정말로 존재했다. 아수라장은.

"여기 좀 봐 주세요. 블라우스 이것보다 큰 거 없어요?"

"카디건은 어디 있어요?"

"잠깐만요. 지금 찾고 있잖아요."

"빨리 들어가서 입어 봐."

"체육복 한 벌 더 주세요!"

교복을 공동구매 하러 온 아이들과 아주머니들로 매장은 발 디딜 틈이 없다. 교복이 죽 걸려 있는 행거 앞에는 아주머니들이 진을 치고 있고, 탈의실 앞에는 교복을 입어 보려는 아이들이 길게 줄을 섰다. 계산대 앞에는 서로 먼저 계산을 하려는 사람들로 북새통이다.

이 난리통에서 교복을 입어 봐야 되는 거야? 그것도 나의 첫 교복을? 그래도 처음 사는 교복인데 맞춤 교복은 아니더라도 최소한 제대로 입어 보기는 해야 되는 거잖아. 재킷 단추까지 잘 잠그고 거울 앞에 서 봐야 되는 거 아니야? 이게 뭐야, 난 못해. 진짜 이런 데서 내 첫 교복을 입어 보긴 싫다구. 거울 앞에 서서 옷맵시도 살펴보고 교복 입은 내 모습도 천천히 들여다보면서 처음으로 교복 입는 순간을 온전히 누려 보고 싶었다구!

공동구매 매장의 문을 열자마자 나는 울고 싶어졌다. 아무리 괜찮은 척하려고 해도 마음대로 되지 않는다. 코르셋 교복은 커녕 내 사이즈에 맞는 교복을 제대로 입어 볼 수조차 없을 것 같다.

"어, 윤현정, 너도 왔냐?"

민석이다. 이런 데서 민석이를 만나다니. 정말 최악이다. 민석인 왜 하필 오늘 여길 온 거야?

우물쭈물하고 있는데 엄마가 옆구리를 찌른다.

"뭐 하고 서 있어. 안 살 거야? 빨리 가서 골라 봐. 탈의실 앞에 줄 선 것 좀 봐. 안 되겠다. 엄마가 골라 갈 테니까 넌 저기 탈의실 앞에 가서 줄 서 있어."

엄마가 내 등을 떠민다. 나를 보는 민석이 눈이 너네 엄마냐고 묻고 있다. 아무것도 모르는 엄마는 뒤도 안 돌아보고 교복이 걸려 있는 행거 앞으로 달려간다. 미처 붙잡을 새도 없이 달려가는 엄마의 뒷모습을 보고 있으려니, 핑그르르 눈물이 맺힌다.

아, 정말 뭐가 이래?

내가 상상한 순간과는 너무도 다른 풍경에 자꾸 눈물이 난다. 민석이한테 들키고 싶지 않아 얼른 등을 돌린다. 흡, 코를 들이마시며 탈의실 앞에 가서 줄을 선다. 두 눈에 맺히기 시작한 눈물을 삼키려고 입술을 깨물었다.

결혼하고 아이를 낳고 아줌마가 되면 다 우리 엄마처럼 되는 걸까?

아이들한테도 기념할 만한 순간이나 특별한 순간이 있다는 생각 같은 건 할 수 없는 사람이 되고 마는 걸까?

"일단 블라우스랑 치마 먼저 입어 봐. 이것도 조금만 늦게 왔으면 못 살 뻔했지 뭐니. 네가 표준 사이즈잖아. 표준 사이즈가 제일 먼저 나가잖니. 혹시 몰라서 한 치수 큰 것도 가져와 봤으니까 들어가서 이거 먼저 입어 봐. 뭐 해, 빨리 입어 보라니까!"

엄마가 탈의실 커튼을 밀어젖힌다. 내가 탈의실에 발 하나를 올려놓기도 전에 블라우스와 치마를 건네며 빨리 입어 보라고 성화다. 엄마 목소리가 어찌나 큰지 저만큼 떨어져 있는 민석이까지 무슨 일인가 하고 우리를 쳐다보고 있다.

민석이 앞에서 무슨 망신이야, 이게?

도저히 교복을 입어 볼 마음이 생기지 않는다. 나는 탈의실로 들어가려다 말고 우뚝 멈춰 선다. 엄마가 건네준 블라우스와 치마를 움켜쥔 채 꼼짝도 하지 않는다.

"뒷사람 기다리잖아. 얼른!"

엄마 말에 차례를 기다리고 있는 사람들이 나를 쳐다본다. 다들 똑같은 표정으로 똑같은 말을 외치고 있다.

이런 데서 뭐 하는 거야. 안 입어 볼 거면 저리 비켜!

소리 없이 나를 향해 날아오는 사람들의 외침에 쫓겨 옆으로 비켜선다. 탈의실을 뒤로하고 무어라 무어라 소리치는 엄마를 뒤로하고 공동구매 매장 밖으로 달려 나온다.

할퀼 듯 나를 향해 달려드는 찬바람 속에 마음에 고여 있는 뜨거운 숨을 몇 번이고 토해 낸다. 이제 곧 화가 날 대로 난 엄마가 쫓아 나와 내 등짝을 후려칠 때까지 마음의 응어리를 풀어 보려고 길게 숨을 내뿜는다.

"이게 무슨 짓이야. 지금 엄마 교복 사러 왔어? 네 교복 사러 온 거잖아. 이렇게 나와 버리면 언제 또 줄을 서니?"

짝 소리와 함께 따끔한 통증이 등을 타고 달린다. 역시나 엄마는 내 예상을 조금도 빗나가지 않는다. 우리 엄마 아니랄까 봐 그 따끔한 맛에 정신이 번쩍 든다.

오늘은 절대로 양보 못해! 내 인생에서 가장 특별한 날이라구!

엄마를 향해 돌아선다.

"엄마!"

"왜 소리는 지르고 난리야? 깜짝 놀랐잖아. 엄마 여기 있다, 왜?"

나는 엄마 눈을 똑바로 들여다본다.

"너 아까 못 봤어? 지금도 사람이 저렇게 많은데 좀 있으면 얼마나 많이 몰려오겠어. 빨리 들어가서 입어 봐야 교복을 사든지 말든지 할 거 아니야."

엄마가 입을 여는 순간, 어떻게 엄마를 설득해야 할지 다시 자신이 없어진다.

그래도 포기할 수 없다.

"어머, 얘가 진짜. 바빠 죽겠는데 왜 이래?"

엄마의 반응에 내 결심은 자꾸만 멀리멀리 달아나려고 한다. 달아나려는 결심을 마음속으로 꽉 붙들면서 엄마에게 말을 건넨다.

"엄마, 나 처음 생리했을 때 생각나? 처음 브래지어 살 때는 어떤 마음이었는지 알어?"

"첫 생리? 처음 브래지어 샀을 때? 야, 그거랑 교복 사는 거랑 뭔 상관이니."

엄마는 내 말은 흘려들으며 자꾸 교복 매장만 뒤돌아본다. 나는 어떻게든 내 마음을 엄마한테 전하고 싶다. 내 교복을 조금이라도 싸게 사겠다는 생각밖에 없는 엄마를 향해 한 걸음 다가간다. 그러고는 엄마 손을 꼭 잡는다. 두 손으로.

"엄마, 제발! 내 말 좀 들어 줘. 나 처음 브래지어 사던 날, 엄마는 기억도 안 나지? 그날도 진짜 기대했었어. 처음으로 브래지어를 사는 거니까 뭔가 특별한 날이라고 생각했다고."

"얘 말하는 것 좀 봐. 나도 다 기억나는데 그날 네가 꼭 주니어용으로 사고 싶다고 졸라서 기어코 주니어용 속옷 매장까지 찾아가서 네가 원하는 거 샀잖아. 그런데 뭐가 불만이야?"

엄마 이마에 주름이 잡힌다. 인상 쓸 때 엄마 얼굴은 정말 보기 싫다. 마음 같아서는 빽 소리를 지르고 가 버리고 싶지만 꾹 참는다.

왜냐고?

그야 오늘은 나의 첫 교복을 사는 날이니까.

나도 이마에 지렁이를 서너 마리 새겨 넣으며 인상 쓰고 화내고 싶지만 엄마한테 다시 말을 건다.

"엄마, 내가 지금 불만 있다고 얘기하는 게 아니잖아. 제발 내 말 좀 끝까지 들어 주면 안 돼? 그날 엄마가 신경 써 준 거 나도 잘 알아. 그런데 브래지어 사고 나서 지하 1층 식품관에 갔던 건 생각나?"

"그래. 생각난다, 왜?"

엄마가 입술을 실룩이며 퉁명스레 대답한다.

"처음으로 산 내 브래지어니까 내가 들고 다닌다고 했는데 엄마가 그랬잖아. 괜히 들고 다니다 잃어버린다면서 카트에 넣으라고. 카트 밑바닥에 나의 첫 브래지어가 처박혔잖아. 엄마가 장 보면서 카트에 물건 넣을 때마다 내 마음이 어땠는 줄 알아? 우유, 일회용 커피, 생리대 다 참았어. 그런데 엄만 비린내 나는 생선까지 올려놨다구."

어느새 내 목소리는 떨리기 시작한다. 울먹이며 말을 잇는다.

"그날 나, 진짜 속상했다구. 처음으로 산 내 브래지어 위에 생선이 올려지니까 진짜 싫었어. 근데 내가 인상 쓰고 화내면 엄마가 화낼까 봐 그날 아무 말도 안 했다구."

더 이상 말을 이을 수가 없다. 울음을 터트리고 말 것만 같다.

"그, 그러니까 엄마가 진짜 그랬단 말이야? 나 정말 어쩜 좋니. 왜 이렇게 아줌마가 된 거야!"

엄마가 나를 와락 껴안는다. "미안해, 엄마가 정말 미안해." 내 등을 쓸어내린다. 어디선가 "엄마 손은 약손, 엄마 손은 약손……." 내 배를 쓸어내리던 어린 시절의 엄마 목소리가 들려오는 것만 같다. 손바닥에서 따뜻함이 느껴진다. 따뜻함 속에 스며 있는 엄마의 진심이 느껴진다.

나는 품에 안긴 채 고개를 들어 엄마의 눈을 들여다본다.

"엄마, 제발 부탁이니까 내 맘 좀 헤아려 줘. 이번 한 번만이라도. 가방도 안 사고 신발도 안 살게. 그러니까 공동구매 말고 스쿨센스 매장에 가면 안 돼? 응? 제발."

공기부터 다르다. 냄새도 다르다.

어쩜 이렇게 다를 수가 있지?

스쿨센스 매장의 문을 열자마자 복숭아 향이 나를 감싼다. 매장 안에 은은하게 흐르는 클래식 음악이 정중하게 엄마와 나를 맞는다. 바닥에 깔린 검은색 타일에서도 번쩍번쩍 빛이 난다.

그 속으로 한 걸음 발을 내딛으며 엄마를 쳐다본다.

'어때요? 아까 거기랑은 분위기부터 다르죠?'

이 말을 눈빛으로 대신하면서.

엄마 표정을 보니, 엄마도 꽤 만족한 것 같다. 내가 말을 안 해서 그렇지 아까 거긴 교복 매장도 아니었다구. 사람 많지 옷은 쌓여 있지. 게다가 그 퀴퀴한 냄새는 뭐람. 땀 냄새에 전 체육복에서도 그런 냄새는 나지 않을 거라고.

좋다, 정말 좋다.

"어서 오세요. 교복 사러 오셨어요?"

계산대 앞에 서 있던 사장님이 엄마를 향해 몸을 돌리며 한껏 미소를 짓는다. 여기는 사장님도 어쩜 이렇게 멋질까. 미소 지을 때 드러나는 치아도 하얗고 가지런하다. 게다가 잘생기기까지.

"아, 네? 아, 네."

사장님 미소에 엄마가 당황한다. 하기야 남자라고는 만날 배불뚝이 아빠만 보다가 이렇게 멋진 남자가 바로 앞에서 미소까지 날려 주니 당황할 수밖에. 이럴 때 보면 우리 엄마도 여자는 여자인가 보다.

"음, 우리 학생은 이 사이즈가 맞을 것 같네요. 제가 이 일을 오래하다 보니 눈으로만 한 번 봐도 대충은 안답니다."

잘생긴 사장님이 내게 블라우스와 치마를 내민다. 사장님 손가락이 살짝, 정말 아주 살짝 내 손을 스쳤다. 순간, 얼굴이 붉어진다.

어머머, 나 뭐야?

얼른 시선을 돌리며 블라우스와 치마를 건네받는다.

"저쪽에 탈의실이 있으니까 가서 한번 입어 보세요. 천천히 편하게 입어 보세요."

사장님이 매장 한쪽에 있는 탈의실을 가리킨다.

그래, 내가 원한 게 바로 이런 거라구. 천천히 편하게 맛있는 음식을 음미하듯 나의 첫 교복을 입어 보고 싶었다구.

아, 몸이 하늘로 붕 떠오르는 것만 같다. 탈의실로 걸어가는 동안에도 혼자 피식피식 미소를 짓는다.

탈의실 커튼을 열고 들어가 두꺼운 잠바를 벗고 청바지를 내린다. 블라우스와 치마로 갈아입는다. 블라우스의 단추를 채우자마자 가슴 선이 예쁘게 도드라진다. 치마의 지퍼를 올리자마자 허리가 잘록해진다.

어쩜 이렇게 잘 맞지? 이건 대충 아는 정도가 아니잖아. 정확해도 너무 정확하잖아.

사장님의 눈썰미에 감탄 또 감탄하며 나는 탈의실 밖으로 나온다.

"와, 우리 학생 정말 예쁘다. 내가 본 학생 중에 제일 예쁜데?

어머님 보시기엔 어떠세요?"

사장님의 박수 소리, 그 뒤에 이어질 엄마의 대답을 내심 기대하며 나는 엄마를 바라본다.

"너무 딱 맞는 거 아니에요? 3년을 입어야 되는데……. 두 치수 큰 걸로 한번 줘 보실래요?"

과연 우리 엄마다. 어떻게 하면 내 기분을 망칠 수 있는지 이 세상에서 누구보다 잘 아는 사람, 그게 바로 우리 엄마다.

"두 치수나 큰 거요? 에이, 요즘 교복 그렇게 안 사요. 요즘 학생들 대부분 자기 몸에 딱 맞는 사이즈로 구입합니다. 우리 학생도 큰 거 사기는 싫지?"

사장님은 얼굴만 잘생긴 게 아니다. 다른 사람의 마음까지 헤아릴 줄 아는 착한 마음, 잘생긴 마음을 가진 분이다. 사장님 말에 나는 얼른 고개를 끄덕인다.

"네? 네, 네!"

그랬더니 웬걸?

"네는 무슨 네야! 교복 사서 1년만 입어? 너 키 크면 어떡할 거니? 지금 한창 자랄 나이에 뭐가 딱 맞는 치수야. 무조건 이거보다 두 치수 큰 걸로 사."

역시 우리 엄마다. 잘생긴 사장님이 가지런하고 새하얀 치아를 내보이며 미소를 지을 때, 그때 아주 잠깐 여자가 되었지만 곧 다시 우리 엄마로 되돌아왔다. 그러고는 사장님을 향해 "두 치수 큰 걸로!" 하고 외친다.

사장님은 두 치수 큰 블라우스와 치마를 내밀며 나를 안쓰럽게 쳐다본다. 사장님 눈빛이 내게 말을 걸고 있다.

학생, 학생 마음 내가 다 알아. 그래도 어쩌겠어? 돈 내는 사람은 학생이 아니라 엄마잖아.

나는 위로의 말을 뒤로하고 다시 탈의실로 들어가 두 치수 큰 블라우스와 치마로 갈아입는다.

어쩜 이렇게 보기 흉할 수가 있지?

블라우스의 단추를 채우자마자 예쁘게 도드라져 보이던 가슴이 사라진다. 치마의 지퍼를 올렸는데도 주르륵 밑으로 흘러내린다.

"안에서 뭐 하니? 좀 나와 봐."

나오라고? 이 꼴을 하고 나가라고? 이 꼴을 저 잘생긴 사장님한테 보여 주라고?

그러나 우리 엄마가 누구인가. 내가 탈의실 안쪽에서 우물쭈물하는 사이에도 "빨리 안 나와?" 소리를 열 번, 스무 번 되풀이한다. 안 나갔다가는 당장이라도 커튼을 열고 들어올 게 뻔하다.

나는 흘러내리는 교복 치마를 손으로 엉거주춤 붙잡고 밖으로 나간다.

"이거 봐. 두 치수는 큰 걸 사야 된다니까. 딱 좋다, 딱 좋아. 이 정도는 돼야 3년을 입지."

엄마가 말하는 딱 좋다는 건 대체 어떤 기준일까.

할 말을 잃고 엄마를 쳐다보자 사장님이 쯧쯧 혀를 차며 나를 바라본다.

"너무 크네요. 요즘 이렇게 크게 안 입는데. 학생은 괜찮아?"

사장님 말이 끝나기도 전에 엄마가 홱 내 팔을 잡아끈다. 벌컥 매장 문을 열더니 나를 끌고 밖으로 나간다.

"저 사장 말 절대로 귀담아 듣지 마. 이게 다 상술이야, 상술."

"상술?"

"그래, 상술. 지금 딱 맞는 교복을 사야 또 사러 올 거 아니니. 3년 내내 입을 수 있는 걸 사면 또 사러 오겠어? 넌 역시 어려. 어려도 한참 어려요. 현정이 네가 아까 그랬지? 가방이며 신발이며 새로 사 달라는 말 안 할 테니까 꼭 여기서 교복 사 달라고. 엄마도 네 소원 들어줬으니까 너도 한 발 양보해."

엄마가 두 손을 허리에 얹고 나를 째려본다. 협박이다.

큰 걸 사든지 아니면 공동구매 매장에 가든지 하라는 말이다.

나는…… 선택의 여지가 없다.

교복이 아니라 포대 자루를 뒤집어쓴 꼴로 입학식에 가야 한다. 그렇게 중학 생활을 시작해야 한다. 그러나 어쩌랴.

나는 앞장선다. 매장 안으로 들어가 사장님을 향해 외친다.

"재킷은 코르셋 재킷 맞죠?"

사장님은 대체 무슨 소리지 하는 표정으로 나를 쳐다보더니 곧 고개를 끄덕인다. 그러고는 너무 커서 안쪽에서 지퍼를 올려도 절대로 허리를 잘록하게 만들어 줄 것처럼 보이지 않는 재킷을 찾아온다. 블라우스와 치마처럼 두 치수 큰 걸로.

"재킷, 블라우스, 원단 조끼, 니트 조끼, 치마 두 벌, 체육복까지 기본 세트는 다 챙겨 넣었습니다. 어떻게 일시불로 할까요, 할부로 할까요?"

사장님이 계산대 위에 내 교복이 든 쇼핑백을 올려놓고 엄마를 바라본다.

"12개월 할부로 해 주세요!"

우렁차게 외치며 엄마가 신용카드를 건네준다.

3개월도 아니고, 6개월도 아니고, 12개월 할부라니.

너무 창피해 얼른 엄마 뒤로 숨는다.

이런 내 마음을 전혀 알 리 없는 엄마는 교복이 든 쇼핑백을 건네주며 한마디 덧붙이는 것을 잊지 않는다.

"다른 애들은 교복도 다 공동구매 하는데 너는 호강하는 줄이나 알어. 이런 엄마가 어디 있냐?"

네, 네, 어련하시겠습니까.

인사도 하는 둥 마는 둥 하고 밖으로 나오려는데 누가 뒤에서 톡톡 어깨를 두드린다.

"이거 내가 하나 선물할게. 잘 신어."

사장님이 검은색 팬티스타킹을 내민다.

어쩜, 사장님은 내 맘을 이렇게도 잘 알지?

나는 팬티스타킹을 내려다보며 아이들이 했던 말을 떠올린다.

스쿨센스 거는 스타킹도 달라.

맞아, 맞아. 우리 언니도 스쿨센스 스타킹만 신는데 다리에 닿는 느낌부터가 다르단다.

아이들이 말한 바로 그 스타킹이다. 하나에 5천 원이나 하는 스타킹을 공짜로 주다니.

나는 다시 한 번 사장님의 마음 씀씀이에 감탄하며 감사 인사를 한다.

"원래 이 스타킹이 하나에 5천 원인데 지금 사면 열 개 3만 원이거든요. 세일 잘 안 하니까 다들 사 가셨어요. 우리 학생도 이왕이면 세일할 때 좀 사 주시죠."

아, 사장님은 어쩌자고 이런 말을 한 걸까.

엄마 얼굴이 눈에 띄게 일그러진다.

"아니, 무슨 학생 스타킹이 이렇게 비싸. 학생이 이런 스타킹을 신는다는 게 말이 돼요?"

"아니, 그게 제 말은…… 세일을 잘 안 해서……."

"세일은 무슨 세일!"

엄마는 정말 왜 이럴까.

안 사면 그만이지, 왜 화를 내는 거야.

사장님이 무슨 죄야. 나도 생각 같아서는 스쿨센스 스타킹만 신고 싶단 말이야!

엄마의 일기장 Ⅱ

더 이상은 못 참아!

오늘은 나도 정말 굳게 마음먹었다. 날이 날이니까. 오늘로 말할 것 같으면 우리 현정이가 다니게 될 중학교 예비 소집일이고 처음으로 교복을 사는 날이니까.

무조건 현정이가 원하는 대로 해 주는 거야.

내가 얼마나 다짐을 했는데. 그런데 결국 이게 뭐냐구. 또 싸우고 말았잖아.

아침부터 조짐이 나쁘긴 했다.

내 딴에는 현정이를 생각해서 눈에 대고 있던 셀프 성형 기구라는 걸 치웠다. 뉴스에서 요즘 초등학생들까지 쌍꺼풀을 만들고 턱을 갸름하게 한다며 셀프 성형 기구를 사용한다는 얘기를 해 댈 때, 그때도 난 딴 나라 이야기인 줄로만 알았다. 그런데 내 딸이 그런 걸 하고 있을 줄 누가 알았겠어. 새벽에 일어났더니 너무 추웠다. 혹시 이불을 차지는 않았나 걱정이 되어 현정이 방에 들어갔다. 그런데 애가 거의 눈을 뜨다시피 하고 자고 있지 뭔가. 깜짝 놀라 눈에 쓰고 있는 안경 비슷한 걸 치워 버렸다. 아니, 말이 나왔으니 말인데 어떤 엄마가 그 꼴을 보고 가만있어?

저를 위한답시고 걱정되는 마음에 챙겨 줬더니, 신경 안 썼으면 계속 안 쓰면 되지 왜 신경 쓰느냐고? 엄마가 뭘 아느냐고?

어쩜 딸이라는 게 그런 말을 할 수가 있을까. 그래도 참고 현정이 비위를 맞춰 주려고 애썼다. 그런데도 현정이는 제 할 말만 했다. 엄마 마음에 쾅쾅 못 박는 말만 골라서 해 댔다. 정말 내 딸이 맞나 싶었다.

현정이가 다니게 될 중학교로 가는 내내 우린 한 마디도 하지 않았다. 말을 붙여 보고 싶었지만 요즘 내가 무슨 말만 하면 화를 내니 그럴 수가 없었다. 그러다 학교에 도착했는데 정문에서 있던 아주머니 한 명이 전단지를 건네주었다. 교복을 공동구매 하는 곳이었다. 역시 요즘은 정보력이 있어야 해. 전단지를 움켜쥐며 예비 중학생 엄마로서의 각오를 다졌다.

강당에서 학교생활 안내가 진행되는 동안에도, 반 배정이 끝나고 담임 선생님이 아이들에게 교과서를 나눠 주는 동안에도 주변 아줌마들한테 말을 걸고 정보를 모았다. 영어 학원은 어디가 괜찮고, 셔틀버스는 누가 조직하는지까지 정말 열심히 했다.

그런데 현정이는 공동구매 매장의 문을 열자마자 울상을 지었다. 내가 이리저리 뛰어다니며 블라우스며 재킷을 챙겨다 주었더니 고맙다는 말은커녕 인상만 쓰고 있지 뭔가. 뒤에 서 있는 사람들 눈치가 보여서 얼른 들어가서 입어 보라고 좀 떠밀었더니, 나만 놔두고 매장 밖으로 뛰어나가 버렸다.

그래도 졸업 앨범 사건을 떠올리며 참았다. 사춘기에 접어든 딸이랑 자꾸 싸워 봤자 좋을 게 없잖아. 엄마인 내가 무조건 참고 기다려 주는 거야. 그러면 현정이도 뭔가 느끼는 게 있겠지……. 내키는 대로 하면 당장 뒤쫓아 가 뭐 하는 짓이냐고 냅다 소리를 질렀을 테지만 마음을 다 잡고 현정이를 따라 나갔다.

그러고는 기분 상하지 않도록 차분한 목소리로 말을 건넸다. 뭐 물론 아주 살짝 현정이 등을 톡 치긴 했다.

그랬더니 이 녀석은 주먹까지 불끈 쥐고 내 눈을 똑바로 들여다보지 뭔가.

"엄마, 내가 지금 불만 있다고 얘기하는 게 아니잖아. 제발 내 말 좀 끝까지 들어 주면 안 돼?"

망치로 머리를 한 대 세게 얻어맞은 것처럼 깜짝 놀랐다. 그럼 현정이는 내가 자기 말을 들어 준 적이 없다고 생각하는 거야? 눈만 끔뻑이며 현정이를 쳐다봤다.

현정이가 첫 생리와 처음 브래지어 사던 날 이야기를 꺼내는데 나는 아무 대꾸도 할 수 없었다. 제가 샀던 브래지어 위에 내가 우유에 일회용 커피에 비린내 나는 생선까지 올려놨다는데 하나도 생각나지 않았다.

내가 정말 그랬나 싶은 게 미안한 마음이 들기 시작했다. 무신경해도 너무 무신경했구나 싶어서 얼른 현정이를 껴안았다.

그러는 동안 나의 소녀 시절이 떠올랐다.

그래, 나도 소녀였던 적이 있었지. 나도 열네 살이었을 때가 있었지. 첫 생리를 시작했을 때, 처음 브래지어를 사게 되었을 때, 그때 나도 현정이처럼 엄마가 내 마음을 알아주었으면 싶었지.

어쩌다 나는 나의 소녀 시절을 잃어버렸을까.

나는 나의 소녀 시절을 떠올리게 해 준 현정이가 고맙고, 제 마음을 몰라준 것이 미안해서 등을 쓸어내리고 또 쓸어내렸다.

아, 거기서 끝났으면 얼마나 좋았을까.

그 순간에는 현정이도 나도 서로 통하는가 싶었다.

그런데 현정이가 원하는 대로 스쿨센스 매장에 가면서부터 또 틀어지고 말았다. 대체 어디에서부터 잘못된 걸까.

음…… 스쿨센스 매장의 사장? 그러고 보니 그 사장이 문제였다. 아무리 장사꾼이라지만 어쩜 그렇게 교복 팔아먹을 생각만 할 수가 있지. 교복이 어디 하루 이틀 입고 안 입을 옷이야?

그 사장이란 작자는 나랑 현정이가 매장 문을 열고 들어가자마자 애를 잔뜩 치켜세우더니 몇 달 입으면 못 입을 사이즈의 교복을 권했다.

내가 현정이한테 두 치수 큰 걸로 사자고 했더니, 잔뜩 토라져서는 들은 척도 하지 않았다. 나도 모르게 현정이 등짝을 짝 소리 날 정도로 때리고 말았다. 아차 싶었지만 이미 벌어진 일, 되돌릴 수도 없었다.

그랬다. 정말 그랬다. 그 순간에는 이왕 이렇게 된 거 체면이고 뭐고 일단은 실속을 차려야 된다는 생각밖에는 없었다. 결국 현정이는 내가 원하는 대로 두 치수 큰 교복으로 갈아입고 나왔다. 사장은 가만히나 있지 애를 붙잡고 요즘 학생들 이렇게 큰 거 안 입는데 학생은 괜찮으냐고 묻지 뭔가.

다급한 마음에 현정이를 매장 밖으로 끌고 나왔다. 그 순간 나를 바라보던 현정이 표정이 지금도 눈에 선하다.

'역시 이럴 줄 알았어. 엄마가 내 마음을 알아줄 리가 없지.'

그때 왜 좀 더 부드럽게 내 마음을 전하지 못했을까. 협박하듯이 내 주장만 내세우지 말고 현정이 마음에 가 닿을 수 있도록 설명하지 못했을까.

나 정말 왜 이러지?

아까는 왜 그런 생각을 못했지?

현정이가 엄마한테 실망이야, 하는 눈빛으로 나를 쳐다보자마자 화가 나기 시작했다. 도저히 참을 수 없을 만큼. 내 딴에는 무조건 제가 원하는 대로 해 주려고 애썼는데, 현정이는 엄마 생각은 조금도 하지 않고 자기 생각만 하는 것 같았다.

게다가 한 켤레에 5천 원짜리 스타킹이라니?

사장한테 따지다 나중에는 현정이한테까지 소리를 질렀다. 현정이는 눈물이 글썽글썽한 눈으로 나를 쳐다보는가 싶더니 큰 소리로 외쳤다.

"정말이지 엄마가 싫어, 싫다구!"

현정이 목소리가 지금도 귓전을 울리는 것만 같다.

사실 현정이가 잘못한 건 아니지. 잘못이야 눈치코치 없이 비싼 스타킹을 권한 그 사장이 했지. 그래도 그렇지. 어떻게 제가 나한테 그런 말을 할 수가 있어?

대체 내가 뭘 잘못했는데?

예비 소집일이라고 아침 일찍 일어나 비위 맞춰 준 거?

사춘기 소녀의 마음을 헤아려서 비싼 매장에 가서 교복 사 준 거?

내가 뭘 그렇게 잘못했다는 거야!

시험 기간

“우리 반은 2반도 아니고, 3반도 아니고, 1반이야. 옛날부터 1반은 무조건 1등이었다. 너희도 잘 알지? 그러니까 이번 중간고사 때도 우리 반이 1등을 해야 되지 않겠니?”

담임 선생님 말씀에 여기저기서 볼멘소리가 터져 나온다. 지난번 환경 미화 때도 선생님은 똑같이 말씀하셨다.

“평균 점수 깎아 먹는 사람은 시험 끝나고 따로 면담할 거니까 각오해!”

이 말을 끝으로 선생님은 종례를 마치셨다.

따로 면담이라니? 설마 내가 우리 반 점수를 깎아 먹는 사람이 되지는 않겠지. 안심하면서도 긴장이 된다.

과연 시험을 잘 볼 수 있을까.

초등학교 때는 따로 중간고사나 기말고사를 보지 않았다. 내가 졸업한 학교는 그랬다. 다른 학교에서 올라온 아이들 중에는 시험을 치러 본 아이들도 있다. 그러나 그런 아이들도 중학교에 올라와서 처음 보는 중간고사는 걱정이 되는가 보다.

"초등학교 때 시험은 시험도 아닌 것 같아."

"내 말이. 과목 수부터 초등학교 때랑은 너무 다르지 않니?"

"그러게. 국어, 영어, 수학, 도덕, 사회, 과학까지 여섯 과목이나 되는 걸 언제 다 공부해."

"무슨 시험을 하루도 아니고 3일이나 보냐."

가방을 챙기며 아이들 얘기에 귀를 기울인다. 모두들 나와 똑같은 생각을 하는 것 같다. 남자애들은 빼고 말이다. 남자애들은 아무 생각이 없는 듯싶다. 바로 내일이 시험인데도 일찍 끝나서 너무 좋다는 말뿐이다.

그러나 여자애들은 다르다. 벌써 일주일 전부터 시험 얘기뿐이다. 뭐, 비단 여자애들뿐만이 아니다. 우리 엄마 아빠도 계속 시험 얘기만 한다. 엄마는 그렇다 쳐도 아빠까지 이럴 줄은 몰랐다.

"우리 공주님, 시험공부는 열심히 하고 있는 거지? 아빤 우리 공주님 믿는다."

말끝마다 믿는다, 믿는다.

출근할 때도 믿는다, 믿는다. 퇴근해서도 믿는다, 믿는다. 수시로 내 방에 들어와서는 아무 때나 믿는다, 믿는다.

공부 열심히 하라는 엄마 말보다 믿는다는 아빠 말이 더 무섭다.

지난 주말에도 하루 종일 도서관에서 공부했다는 여자애들 이야기를 들으며 아빠 생각을 하는데, 소현이가 입술을 오물거리며 내 쪽으로 다가온다.

"현정아, 너도 오늘은 우리랑 같이 갈 거지?"

넌 뭘 또 그렇게 먹느냐는 말이 입 밖으로 튀어나올 뻔했지만 참는다. 그리고 도시락 가방을 들어 보인다.

"우와! 너, 도시락까지 싸 왔어? 우리 엄만 도시락 안 싸 줬는데. 라면으로 때우라나. 빨리 가자, 빨리."

소현이는 내 도시락 가방을 제 것인양 낚아채고는 등을 떠민다. 벌써 우리 반 앞에 와 있던 지원이가 그런 소현이의 모습을 보며 한심하다는 듯 혀를 찬다.

으으으, 정말 싫다, 싫어. 지원이도 같이 가는 거냐고 소현이한테 따져 묻고 싶지만 뭐 어쩌겠어. 말 잘하는 지원이랑 싸워 봤자 내가 질 게 뻔하잖아?

"뭐냐. 현정이 너도 가는 거야?"

복도로 나가자마자 지원이가 앞을 가로막고 선다. 위아래로 훑어보는 지원이의 시선에 기어코 내 입에서도 "너도 가는 거야?"라는 말이 튀어나와 버리고 만다.

"뭐래? 나랑 소현이는 주말에도 계속 도서관에 같이 갔거든?"

"그래, 너 잘났다."

또 생각 없이 말해 버리고 말았다. 나는 왜 지원이랑 있으면 이렇게 퉁명스러운 아이가 되고 마는 걸까?

지원이는 기분이 상했는지 도서관으로 가는 내내 나하고는 한 마디도 하지 않는다. 소현이 옆에만 붙어 있다.

"일단 휴게실부터 가자. 공부도 먹어야 잘하지. 배고프면 아무 생각도 안 나."

도서관에 도착하자마자 소현이가 내 팔을 잡아끈다.

"김소현! 휴게실부터 가면 어떡하냐. 자리부터 잡아야지."

지원이가 소현이 말을 단칼에 잘라 버린다. 소현이는 입술을 삐죽거리면서도 지원이 뒤를 쫓아간다. 급하게 뒤뚱거리는 소현이를 바라보며 나도 걸음을 서두른다. 대체 소현이는 왜 지원이랑 다니는 걸까 생각하면서.

"그래도 다행이다. 자리가 있네. 우리가 일찍 오긴 했나 봐. 빨리 가자."

지정석에 책가방을 내려놓자마자 소현이가 지원이를 재촉한다.

"어딜?"

"어디긴 어디야, 휴게실이지. 자리만 잡고 휴게실에 가기로 했잖아."

"누가?"

지원이가 자리에 앉은 채로 소현이를 올려다본다. 누가라니? 자리부터 잡아야 한다면서 이리로 먼저 온 사람이 누군데? 어이가 없어 나도 소현이 옆에 서서 지원이를 내려다본다.

"난 시간 없어. 가려면 너희나 가. 시험 기간에 매점은 무슨……."

어쩜 지원이는 항상 이렇게 똑같을 수가 있지. 한 번도 내 맘에 드는 행동을 한 적이 없다. 하긴 지원이한테 뭘 바라겠어.

"어련하시겠습니까, 여왕님."

나는 지원이 뒤통수에 대고 비아냥거린다. 지원이가 고개를 돌려 뭐라고 한마디 하기 전에 소현이를 데리고 나온다.

"소현이 너도 참 대단하다. 지원이랑 어떻게 같이 다니니? 걔랑 도서관에 올 바에야 난 그냥 혼자 공부하겠다."

"응, 왜? 지원이가 너한테 뭐라 그랬어?"

휴게실 테이블에 도시락 통을 내려놓다 말고 소현이가 두 눈을 끔뻑거린다. 정말이지 의심이라고는 모르는 눈이다.

말을 말자, 말을. 소현이처럼 둔한 애가 나처럼 민감하고 예리한 아이의 감성을 어떻게 이해하겠어?

나는 도시락 통에서 소현이 입으로 곧장 들어가는 김밥을 바라보며 얼른 김밥 하나를 집어 든다. 나의 식량이 하나도 남김없이 소현이 입으로 들어가기 전에 하나라도 더 먹어야겠다는 생각에 한 마디도 하지 않고 김밥을 씹는다. 그사이에도 소현이는 입을 오물거리며 자꾸 묻는다.

"현정아, 넌 공부 많이 했지? 어휴, 난 영어는 포기할까 봐. 사회 선생님이 나눠 준 프린트나 외우려고. 어차피 지금 영어 공부 해 봤자 뭐가 달라지겠니. 안 그래? 집에 있으면 엄마가 잔소리를 하니까 공부한답시고 계속 도서관에 오긴 했는데 대체 뭘 한 건지……. 너 그 우유 안 먹을 거야? 그럼 내가 먹는다."

소현이는 이 모든 말을 해 대며 테이블 위의 음식을 남김없이 먹어 치운다. 계속 먹어 대면서 잠시도 쉬지 않는 걸 보면 소현이야말로 한꺼번에 두 가지 일을 해낼 수 있는 엄청난 능력을 가진 애다. 이 정도 능력이 있으면서 어째서 공부는 못하는 걸까?

"공부는 정말 내 취미가 아닌가 봐."

소현이가 우유를 들이켜며 말한다. 흰 우유 한 줄기가 소현이 입술 옆으로 흘러내린다.

"공부가 어떻게 취미가 될 수 있니?"

나는 소현이 입에서 흘러내린 우유가 내 도시락 통에 떨어질까 무서워 얼른 손수건을 건네준다. 소현이는 손수건 대신 제 손등으로 입술을 스윽 한 번 문지른다.

"무슨 소리야? 공부가 취미인 애들이 얼마나 많은데. 지원이 보면 모르냐. 지원이는 공부가 취미라고. 공부는 그렇게 취미인 애들이 해야 하는 거야."

듣고 보니 소현이 말도 전혀 틀린 건 아니다. 취미 생활 하듯 공부를 하는 아이들이 있긴 하다. 그러고 보면 나 역시 공부가 취미는 아니다. 공부는 공부가 취미인 애들이나 해야 하는 거라면 나 역시 공부는 하지 않는 편이 낫지 않을까.

"난 요리사가 될 거야. 손님이 먹기 싫다고 하면 내가 다 먹어 치우면 되잖아."

소현이는 요리사가 된 자기 모습을 상상하는 것만으로도 즐거운가 보다. 얼굴에서 웃음이 떠나지 않는다.

"현정이 넌 이다음에 커서 뭐가 되고 싶은데?"

"나? 나는 그러니까…… 그러니까……."

나는 그다음 말을 잇지 못한다. 그러니까 난 정말 뭐가 되고 싶은 걸까.

"뭐야, 너? 되고 싶은 게 없어?"

맞은편에 앉아 나를 쳐다보는 소현이 눈이 동전만큼 커져 있다.

시험 기간 최대의 적은 딴생각이다. 어쩌자고 소현이는 나한테 그런 걸 물어본 걸까. 그것도 시험 기간에.

도서관 휴게실에서 소현이가 신기한 듯 나를 쳐다본 뒤로 정말 '난 뭐가 되고 싶은 걸까?'라는 딴생각에 빠져 버리고 말았다. 도서관의 지정석으로 돌아간 뒤에도 아주 진지하고 철학적인 이 물음 앞에서 영어 단어 따위는 하찮게 느껴졌다.

"몰라, 몰라. 이게 다 소현이 때문이야. 소현이 같은 먹보도 꿈이 있다고? 그래서 그게 중간고사랑 무슨 상관인데?"

소리치며 발을 동동 굴러 봤자 이제는 아무 소용없다. 어제 지원이가 매점에 안 간다고 했을 때 나도 자리에 앉아 공부나 할걸, 후회해 봤자 아무 소용없다. 날이 밝아 버렸으니까. 드디어 중간고사 첫날이 되고 말았으니까.

"엄마! 내 도시락 쌌지?"

그렇게 하면 잃어버린 시간을 되찾을 수 있기라도 한 것처럼 서둘러 주방으로 뛰어간다.

"도시락은 뭐 하러 싸. 시험 보니까 일찍 끝나는 거 아냐?"

"도시락 안 쌌어? 내가 오늘도 도서관 간다고 그랬잖아. 어휴, 진짜!"

괜히 화가 난다. 엄마는 왜 내 말은 귀담아 듣지도 않는 거야? 시험 끝나고 분명히 도서관에 간다고, 도시락 좀 싸 달라고 그렇게 말했는데 어쩜 이럴 수가 있어?

"도서관엔 왜 가? 엄마도 옛날에 다 해 봤거든. 공부한답시고 도서관에 가 봤자 화장실 가자, 잠깐 바람 쐬고 오자, 애들이랑 몇 번 밖에 나갔다 오고, 잠깐 졸고. 그러다 시간만 가 버린다고. 그뿐이야? 애들이 매점 가는데 너는 안 가? 매점에 몰려가서 사발면이라도 하나 먹어 봐, 한 시간 그냥 가 버리지. 무조건 끝나자마자 집으로 와. 알았어? 도서관은 무슨!"

엄마가 다 안다는 눈빛으로 나를 노려본다. 나는 속으로 '어쩜 저렇게 잘 알지? 마치 나랑 도서관에 가 본 사람 같잖아.' 하고 감탄하면서도 들은 척도 하지 않는다.

입술을 삐죽거리며 현관으로 달려가 신발을 꿰어 신는다. 책가방의 어깨 끈을 양손으로 꽉 붙잡고 뛰기 시작한다. 달려가며 숨을 내쉰다. 교문이 보이기 시작하고, 교문 안으로 걸어 들어가는 아이들의 모습이 보인다. 똑같은 교복에 비슷한 가방과 비슷한 신발을 신은 아이들이 앞서거니 뒤서거니 하며 나보다 앞서 가고 있다. 저 아이들 모두 나와 똑같은 시험을 보는 거다,

저 아이들 모두에게 1등에서 꼴찌까지 차례대로 등수가 매겨지는 거라는 생각이 들자 컥, 숨이 막힌다. 도서관에서 보려고 가방에 꾸려 넣은 책이며 문제집이 어깨를 무겁게 짓누른다.

무거운 돌덩이가 어깨를 짓누르는 느낌은 시험지를 받고도 마찬가지다. 모두 정답 같기도 하고, 모두 정답이 아닌 것 같기도 하다. 1교시 사회 시험을 보는 내내 사회 선생님이 나눠 준 프린트나 외워야겠다던 소현이 말만 생각났다.

중요 과목이라고 영어 공부만 했는데…….

"모두 머리 위로 손 올려! 맨 뒷사람 답안지 걷어 온다!"

시험 감독관으로 들어온 체육 선생님 목소리가 평소와 다르다. 잔뜩 기합이 들어가 있다. 덩달아 긴장한 아이들이 일제히 머리 위로 손을 올린다. 사르륵사르륵 답안지 걷는 소리만 턱없이 크게 울려 퍼진다.

"1번 답, 3번 맞지?"

"7번은?"

"말도 안 돼."

"서술형에 마침표 안 찍었는데 그것도 감점일까?"

체육 선생님이 답안지를 들고 나가자마자 애들이 우르르 반장한테 몰려간다. 반장을 둘러싸고 채점을 하기 시작한다. 60점이네, 70점이네, 90점이네 하는 소리가 들려온다.

지금 채점해 봤자 무슨 소용이람. 차라리 다음 시간 공부나 하지.

나는 반장 자리를 지나쳐 민지 자리로 간다. 민지는 우리 반에서 영어를 제일 잘한다. 아빠가 외교관이라 외국에서 오래 살다 왔다.

민지한테 10분 족집게 영어 과외를 받는 편이 훨씬 똑똑한 행동 아니겠어?

"민지야, 1과에서 뭐 나올 거 같니?"

"응?"

"예상 문제 좀 찍어 줘 봐. 응?"

나는 부러 친한 척하며 민지 엉덩이 옆에 내 엉덩이를 갖다 붙인다.

"예상 문제? 그런 거 예상할 정도면 내가 여기 왜 있냐. 비켜! 나 화장실 가야 해."

민지가 벌떡 일어나는 바람에 하마터면 엉덩방아를 찧을 뻔했다.

계집애. 안 가르쳐 주면 그만이지, 잘난 척은. 흥이다, 흥.

차라리 내 자리에서 영어 단어나 외울걸.

영어 시험지를 받자마자 든 생각이다. 분명 본문도 외웠다. 문제집도 풀었다. 학원 선생님이 나눠 준 프린트도 꼼꼼히 살펴

봤다.

그런데 왜? 어째서?

아는 문제가 이토록 없는 걸까?

째깍째깍 벽시계 소리가 심장을 쿡쿡 찌른다. 아직 반도 풀지 못했는데 10분밖에 남지 않았다.

이러다 정말 50점도 못 받는 거 아냐?

나는 검은색 사인펜을 움켜쥔다. 영어 시험지 위에 OMR 카드를 올려놓는다. 일단 푼 문제부터 OMR 카드에 정답을 체크한다. 이제 5분도 채 남지 않았다. 시험지 대신 OMR 카드를 들여다보며 정답일 것 같은 번호에 동그라미를 그려 넣는다.

답안지를 제출한 순간, 내 머릿속엔 한 가지 생각밖에는 없다.

영어마저, 영어마저.

영어마저 나를 배신하다니. 차라리 사회 프린트나 딸딸 외울걸. 차라리 어제 도서관에 가지 말걸. 차라리, 차라리를 외치는 동안 반 아이들은 나와는 전혀 다른 걱정을 하기 시작한다.

"시험 끝나고 어디 가지?"

"무조건 피시방이지."

"만날 피시방에만 가냐."

"하긴 초등학교 때도 피시방에만 갔으니까. 중학생들은 시험 끝나고 어디 가지?"

"디팡이나 타러 갈까?"

"디팡?"

"디스코팡팡 말이야."

"우리 동네에 디스코팡팡 타는 데가 있었냐?"

"로데오 거리에 있잖아. 엄청 큰 오락실 있는 건물 알지? 그 건물 지하에 있어."

"너네 디팡 타러 가게? 우린 노래방에 가기로 했는데……."

"노래방보다 디스코팡팡이 더 재미있을까?"

"아, 진짜 고민되네……."

아직 시험은 끝나지 않았다. 아니, 시험은 이제 시작되었을 뿐이다. 그런데도 우리 반 애들은 시험 끝나는 날 어디 가서 뭘 하고 놀 것인지에 대해서만 걱정하고 있다.

정말 한심해.

그러면서도 나도 모르게 아이들 곁으로 다가가 묻는다.

"소현이 너, 디스코팡팡 타 보기는 한 거야?"

"시험 본 소감이 어때? 초등학교 때하고는 많이 다르지? 잘 본 사람도 있고 못 본 사람도 있을 거야. 오늘 시험 잘 봤다고 내일 시험 망치면 안 되는 거 알지? 그러니까 시험공부 열심히 해라. 시험공부만 해!"

오늘따라 선생님은 공부 열심히 하라는 말을 몇 번씩이나 강조한다. 시험 기간엔 모든 선생님이 다들 이렇게 변하는 걸까?

"그럼 시험 끝나면 실컷 놀라고 하실 거예요?"

소현이 말에 여기저기서 웃음이 터진다.

"뭐라구? 학생의 본분이 뭐냐. 공부야, 공부. 시험 기간에도 공부하고, 시험 안 볼 때도 공부해야지."

선생님 말에 아이들은 우우우 야유를 퍼붓는다. 책상까지 두드리며 불만을 표현한다. 반장 같은 아이들만 공감한다는 듯 고개를 끄덕인다. 공부 잘하는 애들.

걔들은 언제나 공부를 하니까. 심지어 수업 시간에도 졸지 않는다. 한번은 반장이 깜빡 존 적이 있다. 그때 수학 선생님은 정말 깜짝 놀랐다는 듯이 수현이를 가리켰다.

"우와, 수현이가 자는데?"

그 말에 모두 수현이를 쳐다봤다. 그 뒤 아이들은 덩달아 졸기 시작했다. 반장인 수현이도 자는데 뭐, 그런 마음으로. 그러니까 수업 시간에 조는 아이들이 평범하다는 소리다.

나 역시 자는 쪽에 속한다. 왜냐고? 그야 난 평범한 학생이니까. 나는 가끔, 아니 자주 존다. 5교시엔 어김없이 잔다. 어떤 책에서 봤는데 사춘기엔 많이 자는 게 당연하단다. 어렸을 때 세 시간을 잤으면 사춘기엔 두 배인 여섯 시간은 자야 된단다. 그래야 키도 크고 뇌도 발달한단다. 그런데 현실은 그럴 수가 없잖아? 시험 기간에도 공부하고 시험 아닐 때도 공부하라는 말밖엔 할 줄 모르는 어른들에 둘러싸여 있으니 어떻게 잠을 자겠어?

이런 말이 입 밖으로 튀어나올 정도지만 꾹 참는다. 시험 기간이니까.

그땐 나처럼 평범한 애들도 안 자고 공부한다구! 우리 같은 애들은 뭐 공부 안 하는 줄 알아? 그래 오늘은 정말 밤을 새우자. 절대 안 잘 거야. 나도 밤새워 시험공부라는 걸 할 거라고. 오늘 시험도 망쳤는데 내일 보는 도덕, 수학까지 망치면 정말 끝장이라구.

우리 공주님, 아빠는 널 믿는다.

아빠 얼굴이 떠올라 무릎 위에 올려놓은 두 손을 둥글게 말아 쥔다. 맘속으로 공부, 공부, 또 공부를 외친다.

"현정아, 너 오늘도 도시락 싸 왔어? 도서관 같이 갈 거지?"

선생님이 종례를 끝내자마자 소현이가 냉큼 달려와 내 자리 주변을 살핀다. 도시락 가방이 있나 없나 확인하는 거다.

"안 가. 아니, 못 가."

"왜? 어제 도서관 가서 좋았잖아. 도시락도 먹고 얘기도 하고."

"좋긴 뭐가 좋냐?"

소현이 말에 그만 발끈하고 만다. 아침에 들은 엄마 말이 떠올라 버렸기 때문이다. 도서관은 무슨 도서관이냐며 인상을 쓰던 엄마 말이 실은 하나도 틀리지 않아서 내심 찔리던 차였다. 내가 지금 누구 때문에 양심의 가책을 느끼고 있는데 또 도서관에 가자는 거야?

내 마음을 전혀 알 리 없는 둔탱이 소현이는 "난 어제 진짜 좋았는데……." 어쩌고 하며 도서관에 가는 아이들 무리로 뛰어간다.

저 멀리 어깨를 맞대며 걸어가는 아이들을 바라보며 운동장을 가로지른다. 시험 기간인데도 모두 즐거워 보인다. 대체 무슨 이야기들을 하고 있는 걸까. 아마도 시험 끝나는 날 뭘 하고 놀 건지 진지하게 상의하고 있는 걸 거다. 그런데 나는? 그 무리에 끼지도 못하고 혼자 고독을 즐기는 처지가 되어 버렸다. 엄마 때문이다. 엄마 말씀은 귓등으로 흘리고 도서관에 갈 수도 있다. 하지만 그랬다가 시험을 망치면? 엄마는 분명 또 잔소리를 할 거다. 공부한답시고 도시락 싸라, 아침 일찍 깨워라, 온갖 유세는 다 떨고 겨우 그 성적을 받아 왔느냐고 몰아붙일 게 뻔하다.

그래, 그냥 집으로 가자. 집에 가서 무조건 시험공부만 하는 거야.

"벌써 왔어? 도서관 간다며?"

엄마가 재빨리 텔레비전 리모컨을 집어 들며 묻는다.

시험 끝나자마자 무조건 집으로 오라고 한 사람이 누군데 벌써 왔냐는 거야? 딸은 시험을 망치고 왔는데 엄마는 집에서 주말 드라마나 다시 보면서 겨우 한다는 말이 벌써 왔냐야?

"잘 봤어? 사회는 몰라도 영어는 잘 봤지? 학원에서 가르쳐 준 대로 다 나왔지? 엄마는 옛날에 학원 한 번 안 다녔어도 영어는 거의 100점이었는데. 아휴, 내 정신 좀 봐. 우리 딸 오면 주려고 스파게티 해 놨지. 크림스파게티."

엄마가 텔레비전을 켜 놓은 채 주방으로 달려간다. 뭐가 그렇게 즐거운지 콧노래까지 흥얼거리며 가스레인지 불을 켠다. 주방에서 고소한 크림스파게티 냄새가 풍겨 온다.

아, 정말 뭐냐. 학원 한 번 안 다녔어도 늘 100점만 맞았다는 얘기를 지금 꼭 해야 하는 거야? 그럼 초등학교 때부터 일주일에 세 번씩 꼬박꼬박 영어 학원을 다니고도 50점도 못 넘을까 봐 걱정하는 나는? 바보란 소리야?

엄마랑은 말도 하기 싫다. 가방을 멘 채 소파에 주저앉는다.

"네가 나한테 뭐냐고? 넌 나한테 인어공주야. 실컷 사랑하다가 내가 원할 때 사라져 주는 인어공주."

"뭐라고? 다시 말해 봐. 네가 말하던 사랑이 그런 거였니? 널 실컷 사랑해 주다 인어공주처럼 사라져 달라, 이거냐?"

엄마가 틀어 놓은 텔레비전 화면 속에서 잘생긴 남자와 예쁜 여자가 서로를 노려보고 있다. 예쁜 여자의 눈엔 눈물까지 맺혀 있다.

우와, 저 남자 어쩜 저런 말을 할 수가 있지? 사랑한다는 여자한테 실컷 사랑하다 인어공주처럼 사라져 달라니. 정말 너무한 거 아니야? 빰이라도 한 대 때려. 저런 말 듣고 가만있으면 안 된다구.

나도 모르게 몸이 텔레비전을 향해 기울어진다.

"야, 윤현정. 너 정말 그럴래? 지금 제정신이니? 걱정도 안 돼? 엄마는 이제나 저제나 너 오기만 기다리면서 일부러 생크림까지 사 와서 스파게티 해 놨는데, 넌 집에 오자마자 텔레비전을 봐?"

탕탕, 주걱 집어던지는 소리가 이어진다.

정말 어이가 없다. 텔레비전 보던 사람이 누군데? 텔레비전을 내가 켰어? 난 소파에 앉았을 뿐이잖아. 켜져 있으니까 보게 된 것뿐이잖아. 게다가 시험 보고 온 사람은 나라구, 나!

"이거 먹을 거야, 안 먹을 거야? 안 먹어? 거기 계속 그러고 있을 거야?"

엄마는 이제 허리에 두 팔을 올리고 서 있다. 엄마가 위협하

듯 허리를 꽉 붙잡고 서서 노려본 다음엔 뻔하다. 한 옥타브쯤 올라간 목소리로 '어휴, 내가 정말 못 살아!'를 되풀이할 거다.

"어휴, 내가 정말 못 살아!"

역시 엄마다. 내 예상대로다.

난 뭘 기대한 걸까?

시험은 어떻게 봤니? 정말 그렇게 못 봤어? 어머, 어떡하니. 열심히 노력했는데 우리 현정이가 정말 속상하겠구나. 엄마가 크림스파게티 해 놨는데 한번 먹어 볼래? 속상할 땐 먹는 게 최고거든. 아마 먹고 나면 우리 현정이 기분도 좋아질 거야.

뭐 이런 말을 해 주는 엄마를 기대했던 건 아니다. 나도 바보는 아니니까. 그래도 이건 정말 심한 거 아냐? 중학생이 되어 첫 시험을 보고 온 딸한테 윽박이나 지르는 엄마라니.

벌떡 일어나 내 방으로 들어가 버린다. 소리치는 대신 방문을 닫아 버린다.

"안 먹어? 너 정말 이럴 거야?"

나는 대꾸하지 않는다.

"관둬라, 관둬. 누가 뭐 억지로 먹으래? 내가 미쳤지. 그래, 다 엄마 잘못이다. 시험 보는 딸 위한답시고 스파게티 해 놓은 내가 죄지, 내가 죄야."

방문 틈 사이로 엄마의 혼잣말이 새어 들어온다. 또 저 소리.

우리 현정이 학교 갔다 오기 전에 방 청소를 해 놓은 내가 죄지.

우리 현정이 좋아하는 인형을 사 온 내가 죄지.

우리 현정이 깜짝 놀라게 해 주려고 도배를 해 놓은 내가 죄지.

엄마가 "다 내 죄지, 내 죄야."라는 말을 하면 난 언제나 양심의 가책을 느껴야 했다. 날이 뾰족한 송곳이나 바늘 같은 걸로 누군가 내 심장을 콕콕 찔러 대는 것만 같았다. 그러면 난 "엄마 죄는 무슨. 내가 다 잘못했어."라고 말하며 엄마를 껴안아 주곤 했다.

흥.

계속 내 죄지, 내 죄야, 얼마든지 해 보시라구요. 전 이 방에서 꼼짝도 하지 않을 거라구요.

정신 통일. 그래, 오로지 시험공부만 생각하자.

책가방을 내려놓고 책상 앞에 앉는다. 그런데 문제집을 펼쳐 놓을 공간도 없다. 과자 봉투에 언제 받아 왔는지 모를 유인물에 화장품까지.

책상이 이렇게 지저분했다니.

일단 책상 정리를 하자. 이런 정신없는 데서 무슨 공부를 한다구. 맞아, 공부 잘하는 애들은 방은 지저분해도 책상은 깨끗하다고 했어.

책상을 정리하고 보니 휴지통이 없다. 방 밖으로 나가 휴지통을 가져오고 싶지만 엄마와 마주치기는 싫다. 그냥 방구석에 처박아 놓는다.

이제야 좀 낫네.

도덕 공부 먼저 할까, 수학 공부 먼저 할까.

생각해 보니 계획다운 계획을 세우지 않은 것 같다. 어쩌면 오늘 시험을 망친 것도 계획을 세우지 않고 막무가내로 공부를 했기 때문이라는 생각이 든다.

연습장을 꺼내 계획표를 짜기 시작한다.

왜 진작 계획표를 짜지 않았지?

중학교에 올라와 시험을 본 건 오늘이 처음이다. 막상 시험을 보고 나니 초등학교 때와는 정말 다르다는 느낌이 든다. 학원 수업도 빼먹지 않고 열심히 들었는데 영어에서 그렇게 많이 틀리다니. 다른 애들은 어떻게 공부하는 거지?

계획표를 짜다 보니 어디서부터 어떻게, 얼마나 공부를 해야 하는지 점점 더 막막해지기만 한다.

책상 위에 엎드려 눈을 감고 뭐가 잘못된 건지 생각한다.

"계속 자고 있었어? 정말 이럴래? 엄만 네가 점심도 안 먹고 공부하나 싶어서 핫케이크까지 만들어 왔더니. 너 생각이 있어, 없어?"

언제 들어왔는지 엄마가 핫케이크 접시를 들고 서 있다. 모락모락 따듯한 김이 피어오르는 핫케이크는 맛있어 보이지만 엄마 얼굴을 보니 한 조각도 먹기 싫다.

또 소리를 지르고 만다. 엄마랑은 한 마디도 하기 싫어 서둘러 수학 문제집을 펼친다. 엄마도 나 보란 듯이 핫케이크를 들고 나가 버린다.

쾅.

굳게 닫힌 문이 물끄러미 나를 내려다본다. 윤현정, 너 정말 왜 이러니라고 묻는 것만 같다.

시험 기간 내내 엄마한테 짜증을 부리기만 했는데……. 이러다 정말 꿀찌를 하면 어쩌지. 이러다 정말 혼나는 거 아니야? 아빠까지 가만 안 있을걸?

안 좋은 생각이 꼬리에 꼬리를 문다.

아니야. 내가 지금 이런 생각하고 있을 때가 아니라구. 그래, 맞아. 시험공부 최대의 적은 딴생각이야.

의자에 앉은 채로 엉덩이를 뒤로 쭈욱 민다. 드륵 소리를 내며 의자가 뒤로 밀려난다. 책상과 의자 사이에 끼어 있던 몸을 쭈욱쭈욱 길게 늘인다. 자꾸 머릿속으로 비집고 들어와 시험공부를 방해하는 딴생각을 뒤로 뒤로 밀쳐 낸다.

이런 기분으로 공부해 봤자 머릿속에 뭐가 들어오겠어? 일단 잠을 자자. 자고 일어나면 지금과는 전혀 다른 기분으로 공부할 수 있을지도 몰라.

서둘러 침대 속으로 미끄러져 들어간다.

"왜 하필 마지막 회냐구! 국어는 정말 다 끝내려고 했는데 드라마 보다 다 망쳤어."

"너만 그러냐. 너는 드라마라도 봤지. 난 동생이랑 싸우는 바람에 공부는커녕 잠만 잤다."

또 시작이다. 학교에 오자마자 아이들 모두 서로 경쟁하듯 공부를 하지 못했다며 투덜거린다. 시험 기간 내내 하루도 거르지 않는다. 울상을 지으며 서로를 견제한다.

왜 이래야 하는 걸까.

잘 봤다고 사실대로 말하면 잘난 척, 아는 척한다고 왕따라도 당할까 봐?

못 봤다고 해야 다른 애들이 안심하고 공부를 덜할까 봐?

어차피 공부하는 애들은 정해져 있다. 어차피 1등은 정해져 있다. 그런데도 왜 너나 할 것 없이 똑같은 말만 해 대는 걸까?

이런 생각을 하면서도 정작 소현이가 "현정이 넌 어제 도덕이라도 잘 봤지?"라고 묻자 당연한 듯 "무슨 소리야? 완전 망쳤어. 말도 하지 마."라고 대답하는 나.

나도 어쩔 수 없는 중학생인 건가?

어쩔 수 없이 중학생이 되어 버린 나는 시험 감독관으로 들어온 미술 선생님이 시험지를 나눠 주자마자 득달같이 시험지에 달려든다.

뭐지 나? 마치 먹이에 달려드는 맹수 같잖아, 생각하면서도 물어뜯을 듯이 시험지에 머리를 박는다.

여기저기서 한숨 소리가 들려온다. 다른 애들도 나처럼 어려운 거다. 왜 하필 마지막 날에 과학 시험을 보는 걸까. 차라리 이렇게 어려운 과목은 미리 몰아서 보면 얼마나 좋아? 그럼 마지막 날엔 홀가분한 마음으로 놀기라도 할 수 있을 텐데…….

바짝 앞으로 숙이고 있던 몸은 어느새 시험지에서 자꾸만 멀어져 가고 덩달아 내 마음도 2교시 이후의 시간으로 달려가 버린다. 나도 모르게 자꾸 옆자리 아이들을 쳐다보게 된다. 슥슥스윽슥, 옆 자리 아이들이 사인펜으로 OMR 카드에 표시를 할 때마다 눈길이 간다. 달그락달그락, 옆줄 맨 앞자리에 앉은 지원이가 발을 떨 때마다 쳐다보게 된다. 지원인 대체 왜 다리를 떠는 거야. 지원이가 다리를 떠는 아이였다니. 뭔가 믿을 수 없는 일을 목격한 기분이다. 설마 지원이도 나처럼 떨리는 걸까. 저 구제불능 잘난 척이? 칫, 내가 알 게 뭐야. 내 앞에 앉았다면 등짝을 한 대 때려 줬을 텐데. 정말 시끄러워 죽겠네. 뭐지 나?

시험 보다 말고 무슨 딴생각이야? 다시 시험지를 노려본다. 그러나 곧 에취 하는 기침 소리가 신경을 거스른다.

슥슥 스윽슥, 달그락달그락, 에취.

반복되는 소음에 자꾸 주위를 둘러본다. 그러다 시험 감독을 도와주러 온 아줌마랑 몇 번인가 눈이 마주친다. 아줌마가 두 눈을 부릅뜬다. 뒤돌아보지 않아도 뒤통수에 시선이 느껴진다.

나 혹시 커닝하는 애로 찍힌 거 아냐?

커닝할 생각도 없고, 커닝하지도 않았는데 괜히 심장이 오그라드는 느낌이다.

집중하자, 집중. 그래, 과학, 국어만 잘 보면 중간은 할 수 있을 거야. 도덕은 그런 대로 잘 봤잖아?

정답이 하나도 보이지 않는 과학 시험지를 풀다 말고 어제 본 도덕 시험을 떠올린다. 도덕은 그나마 선생님이 나눠 준 프린트에서 문제가 많이 나왔다. 다 포기하고 프린트만 외웠는데 다행히 내가 외운 부분이 적중했다. 그런데 과학은 영 아니다. 정말 열심히 공부했는데…….

결국 또 찍어야 하나?

OMR 카드를 시험지에 올려놓는다. 아직 검은색 동그라미가 하나도 그려지지 않은 순백의 OMR 카드를 앞에 놓고 고민한다.

2번을 많이 찍을까, 3번을 많이 찍을까. 지그재그로 표기를 할까, 일직선으로 표기를 할까.

고민하다 대충 3번을 많이 찍기로 결정한다. 특별한 이유 같은 건 없다. 선배들 말이 수학은 3번이 정답인 경우가 많다고 해서 3번을 찍은 것처럼 과학도 그냥 3번으로 찍는다.

그래도 다음 시간이 국어잖아. 그래, 맞아. 나한테는 국어가 있어. 믿을 건 국어밖에 없다 자신하며 OMR 카드를 멋지게 꾸민다. 가능한 한 위아래 번호가 겹치게 않게, 그러면서도 3번이 많이 나오게 검은색 사인펜으로 동그라미를 채워 넣는다. 한 개도 남김없이 동그라미를 채워 놓고 보니 그럴싸하다.

후후후.

그러나 곧 2교시가 시작되고 내 입가에 잠시 퍼졌던 미소는 흔적도 없이 사라진다. 1교시 과학 시험을 끝낸 뒤에는 헛웃음이라도 지을 수 있었다.

왜?

그야 나한테는 국어가 남아 있었으니까. 믿을 건 국어밖에 없었으니까.

국어는…… 최악이다.

드디어 시험 기간의 끝을 알리는 종이 울렸다. 밤새워 공부한 아이들도, 3일 내내 찍기만 한 애들도 모두 한마음으로 소리치며 해방의 기쁨을 함께 나눈다.

그러나 정작 나는?

소리치지 못한다. 날뛰지도 못한다. 시험이 끝났다고 기뻐하지도 못할 만큼 최악이다. 마지막 과목인 국어의 OMR 카드를 제출하자마자 내 머릿속에 떠오른 건 디스코팡팡도 피시방도 아닌 엄마 얼굴이었다.

내 성적을 알면 엄마 얼굴이 어떻게 될까.

집에 가면 엄마가 기다리고 있겠지?

엄만 내가 현관문 손잡이를 돌리기도 전에 달려 나오겠지?

잘 봤어? 잘 봤지? 국어는 잘 봤을 테고, 과학은?

엄마가 수십 개의 물음표를 날려도 난 입을 꾹 다물고 있을 수밖에 없을 거다.

"우와, 끝났다! 떡볶이 먼저 먹고 갈까, 아님 디팡 타러 바로 갈까?"

어느 새 내 옆으로 온 소현이가 팔짱을 끼며 묻는다.

소현이 질문에 난 아무 대답도 할 수 없다. 떡볶이 먼저 먹고 디스코팡팡 타러 갈지 디스코팡팡 탄 뒤에 떡볶이를 먹을지, 이런 엄청난 고민을 하고 있는 소현이가 부럽기만 하다. 정말이지 입에 담을 수도 없는 점수를 받은 나는 소현이와 같은 고민은 절대로 할 수가 없다.

"왜 말이 없어? 빨리 결정해. 안 그러면 지원이가 하자는 대로 한다? 난 분명히 현정이 너한테 먼저 물어봤어."

소현이가 투덜거린다. 그래도 내가 아무 말이 없자 나중에 딴 소리 하지 말라며 눈을 흘기기까지 한다.

"몰라. 아무렇게나 해."

아무려면 어떠냐. 지원이가 떡볶이를 먼저 먹고 디스코팡팡을 타러 가자고 하면 그렇게 하는 거고, 디스코팡팡 먼저 타고 떡볶이를 먹자고 하면 그렇게 하는 거다.

나야 아무 상관없으니까.

나는…… 가출할 거니까.

엄마의 일기장 Ⅲ

왜 이렇게 우울할까?

mom says,

{ 나는 내내 전교 1등이었거든 }

도시락

드디어 시험이 끝났다. 내 운전면허 시험도 아니고 남편 승진 시험도 아니다. 현정이 중간고사가 끝났다. 아침에 일어나자마자 제일 먼저 떠오른 생각도 '이제 끝나는구나'였다.

딸 중간고사 끝나는 날을 이렇게 기뻐하는 아줌마라니.

어쩌다 내가 이렇게 되어 버린 걸까.

이번 중간고사는 현정이가 중학생이 되어 처음 보는 시험이다. 이제 겨우 한 번 치른 건데 내가 다 죽을 맛이다. 중간고사가 시작되기 며칠 전부터 밥도 제대로 못 먹었다. 남편도 걱정이 되는지 현정이를 볼 때마다 아빤 우리 공주님을 믿는다는 소리만 해 댔다. 그런 말로 애 기를 팍팍 죽이는 남편을 볼 때마다 대체 생각이 있는 건지 없는 건지 한심하게 느껴졌지만, 나 역시 걱정을 멈출 수가 없었다.

첫 시험을 망치면 3년 내내 힘들다는데……. 중간고사는 현정이가 보는데 걱정은 나 혼자 다 했다. 게다가 애가 어찌나 짜증을 부리고 예민하게 구는지.

시험 첫날 아침에는 장난도 아니었다. 나는 잠도 못 잤는데 정작 현정이는 눈 뜨기 무섭게 주방으로 쫓아와서는 소리부터 질렀다. 시험 기간이라면서 실컷 잠만 자더니 뭘 잘했다고 도시락을 쌌네, 안 쌌네 난리를 치는 거야?

그래도 식빵을 우물거리면서 영어 단어장을 들여다보는 모습을 보니, 저도 얼마나 급했으면 이러겠나 싶었다. 애써 마음을 누그러뜨리며 도서관에 가서 애들이랑 잡담하느라 시간 버리지 말고 곧장 집으로 오라고 했다. 그랬더니 펄쩍펄쩍 뛰면서 하는 말이 “엄마가 나야? 엄마는 그러니까 공부를 못했지. 난 안 그러거든!” 이러는데 정말이지 괘씸했다.

너무 분해서 현정이 등짝에 대고 나도 한마디 거들었다. 이래 봬도 엄마는 중학교 3년 내내 전교 1등이었다고 말이다.

현정이가 나간 뒤에도 한참이나 분이 가시지 않았다. 소파에 주저앉아서도 씩씩거렸다. 그러다 나중에는 피식피식 웃고 말았다.

내가 중학교 3년 내내 전교 1등이었다고?

솔직히 그건 아니지.

다시 생각해도 웃겼다. 내가 전교 1등이었다니!

그러고 보니 현정이가 내 말에 입술을 삐죽거린 것도 당연하다 싶었다.

그래도 뭐?

엄마는 그러니까 공부를 못했지?

아무리 거짓말 같아도 그렇지 어떻게 그런 말을 할 수가 있어?

혼잣말을 해 대며 한바탕 설거지를 하고 났더니 그런 대로 마음이 풀렸다. 그래, 내가 잘못했지. 현정이도 제 딴에는 처음 보는 시험이라고 잔뜩 신경 쓰고 있는데, 아침부터 내가 무슨 짓을 한 거야?

우선 현정이 기분부터 풀어 주자.

벌떡 일어나 앞치마를 풀었다. 장바구니를 들고 곧장 마트로 뛰어갔다. 현정이가 제일 좋아하는 크림스파게티를 만들어 주려고 비싼 생크림까지 한 통 샀다. 웬만해선 거의 안 해 먹는 크림스파게티까지 준비하면서 내 딴에는 정말이지 한다고 했다. 뭘 했느냐고? 그야 중간고사 보는 딸 뒷바라지를 했지.

그런데 뭐라고?

으으으, 그날 일을 생각하니 또 열이 오른다. 머리에서 뜨거운 김이 뿜어져 나오는 게 내가 꼭 전기밥솥이 된 것만 같다. 요즘 들어 왜 이렇게 자주 화가 나고, 자주 몸이 뜨거워지는지 모르겠다.

나 혹시 갱년기?

나 혹시 우울증?

아니야, 이건 전부 현정이 탓이야.

생각해 보면 화나는 게 당연하다. 열 받는 게 당연하다.

나는 스파게티 소스까지 다 만들어 놓고 현정이가 오면 면만 삶아서 얼른 대령하려고 만반의 준비를 하고 있었다.

그런데 현정이는 오자마자 텔레비전만 봤다. 시험을 잘 본 건지 못 본 건지, 못 봤으면 대체 몇 점을 받았는지 궁금해 죽겠는데 현정이는 텔레비전에 집중했다. 텔레비전에서 흘러나오는 대사가 거실을 가로질러 주방까지 날아왔다. 나는 혹시나 애 마음을 상하게 하면 어쩌나 궁금한 게 있어도 안 묻고 못 묻고 그저 요리만 하고 있었는데, 지금 드라마나 볼 때야?

냄비 속에서 부글부글 끓고 있는 스파게티 소스보다 내 속이 더 부글부글 끓어올랐다. 그래도 참고 스파게티 먹으라고 부드럽게 말하려고 쳐다봤더니, 윤현정 몸이 아예 텔레비전 속으로 들어갈 판이었다. 아예 넋을 빼놓고 있는 애를 보자 대뜸 큰소리부터 나왔다.

현정이는 대꾸도 하지 않은 채 아예 제 방으로 들어갔다. 내 죄라고는 시험공부 열심히 하라고 크림스파게티 만들어 놓은 것밖에 없잖아?

이번에도 나는 무조건 다 내 탓이다 생각하며 현정이 기분을 맞춰 주려고 했다. 그런데 현정이는 그 뒤로도 딴짓만 했다.

아니, 책상 정리 안 하면 시험공부 못해?

딴 때는 정리해라, 정리해라 잔소리를 해도 안 치우던 책상을 왜 하필이면 시험 기간에 정리해?

게다가 계획표는 왜 짜. 이미 시험 시간표 다 나와 있는데 계획표는 왜 짜느냐구. 내일 도덕 시험 보면 오늘 도덕 공부하고, 내일 국어 시험 보면 국어 공부를 해야 하는 거 아니야?

정말이지 마음에 드는 구석이 하나도 없다.

당장 현정이 방으로 달려 들어가 공부는 안 하고 대체 뭐 하는 짓이냐고 야단치고 싶었지만 참았다. 불굴의 의지로 참았다. 잔소리한달까 봐, 엄마가 잔소리해서 시험 망쳤다고 할까 봐 아무 소리 안 했다. 잔소리는커녕 핫케이크까지 만들어 대령했다.

"안 먹어. 안 먹는다구. 지금부터 공부할 거라구!"

그래 놓고는 잠을 자?

그 뒤로 오늘까지 현정이의 신경질은 멈추지 않고 계속되고 있다.

사춘기라서 그래.

사춘기라서 그럴 거야.

시험 끝나면 괜찮을 거야. 사춘기에다 시험까지 겹쳐서 애가 얼마나 힘들겠어. 예민한 게 당연하지.

그렇게 사춘기 탓만 하며 오늘을 기다려 왔다. 중간고사가 끝나는 바로 오늘을.

난 현정이가 학교에서 돌아오면 뭘 하고 싶었던 걸까.

축하? 축하 파티를 하고 싶었다.

칭찬? 칭찬도 하고 싶었다. 시험 기간 내내 얼마나 애썼는지 엄마도 다 알고 있어. 우리 현정이 정말 대견하다. 그런 칭찬의 말을 해 주고 싶었다.

그런데 현실은? 생각하기도 싫다.

축하도 칭찬도 지금의 현정이와 나한테는 어울리지 않는 단어다.

점심시간이 훌쩍 지나고도 현정이는 돌아오지 않았다. 처음엔 남아서 채점을 하고 오나 생각했다. 2시가 지나고 3시가 지나자 걱정이 되기 시작했다. 왜 전화도 안 하지? 내가 생각했던 것보다 훨씬 시험을 못 봤나? 얼마나 못 봤으면 집에 오지도 못하는 거야. 그러다 5시, 6시가 되자 덜컥 겁이 났다. 대체 무슨 일이지? 전화는 왜 안 받는 거야. 이럴 애가 아닌데……. 번호를 알고 있는 현정이 친구들한테 다 전화를 걸어 봤다. 현정이랑 늘 붙어 다니는 소현이는 전화를 받지 않았고, 겨우겨우 같은 영어 학원에 다니는 민석이와 통화를 하게 됐다. 민석이 말로는 학교 끝나자마자 소현이랑 몇몇 여자애들이랑 몰려 나가는 걸 봤다고 했다. 혹시 어디 갔는지 모르겠니 짐작되는 곳도 없니 물었더니, 디스코팡팡 타러 갔을 거라고 하지 뭔가.

디스코팡팡이라니!

동네 여자들이 입에 거품을 물며 흉보던 그 디스코팡팡이라니!

겉멋 잔뜩 든 여자애들이랑 남자애들이 몰려가서 악악 소리를 지르고 난리를 치는데 얼마나 눈꼴신지 모르겠다며 욕을 해대던 곳. 바로 그곳에 우리 현정이가 갔을지도 모른다니. 나한테 한 마디 말도 없이 그런 곳에 가다니!

민석이 말에 얼마나 놀랐는지 모른다.

놀란 가슴을 쓸어내리는데 남편이 돌아왔다. 남편은 저녁 시간이 다 지났는데 아직 애가 안 들어오다니, 이게 무슨 일이냐며 인상을 썼다. 현정이한테 전화를 수도 없이 해 봤지만 받지 않는다고 하면 혹여 불똥이 튈까 싶어 우물쭈물하고 말았다.

현정이 방에 가서 남편 몰래 문자 메시지를 보냈다.

'현정아, 아빠도 벌써 들어오셨으니까 빨리 오렴.'

남편한테는 현정이가 소현이 집에서 놀고 온다고 거짓말을 하고 거실 소파에 앉아 현관만 쳐다보고 있었다.

얼마나 지났을까.

슬며시 문이 열리며 현정이가 들어왔다.

"현정이 왔니?"

나는 이 말만 했을 뿐이다.

"아이, 짜증 나!"

집에 돌아와 현정이가 내뱉은 첫마디. 그 한마디에 난 얼어붙고 말았다. 나는 쳐다보지도 않고 현정이는 곧장 제 방으로 들어가 버렸다.

얼음이 된 나는 생각조차 할 수 없었다.

그저 우두커니 현정이 방문만 바라보고 서 있었다.

"엄마! 엄마!"

안에서 현정이가 '엄마'를 소리쳐 불렀다. 그건 마치 '땡' 하는 소리처럼 들렸다. 나는 얼음에서 사람으로 돌아왔다. 현정이가 엄마를 부르는 순간, 나는 엄마가 되었다. 현정이가 부르면 어디든 달려가는 엄마.

"나 좀 안아 줘."

침대에 모로 누워 현정이가 나를 올려다봤다.

"빨리 나 좀 안아 줘."

중학생씩이나 된 녀석이, 다 큰 녀석이 안아 달라고 하고 있었다. 빨리 나 좀 안아 달라며 보채고 있었다. 울컥, 가슴 저 밑바닥에서 뜨거운 것이 올라왔다.

현정이, 이 녀석 오늘 정말 힘들었구나.

나는 침대 위로 올라가 현정이 옆에 누웠다. 베개 밑으로 팔을 뻗어 팔베개를 해 줬다. 와락 껴안고 "우리 현정이가 정말 힘들었구나." 머리를 쓰다듬어 주려고 했다.

"왜 남의 머리카락은 잡아당기고 난리야! 몰라, 나가!"

내가 머리카락을 건드렸는지 베개 밑으로 팔을 집어넣자마자 현정이가 소리쳤다.

"나가!"

그 거부의 몸짓에 쫓기듯 밖으로 나와 아무도 모르게 일기를 쓴다.

현정이는 왜 자꾸 삐뚤어지기만 하는 걸까.

내가 정말 잘못하고 있는 건 아닐까.

잘해 보려고 무던히도 애를 쓰는데 왜 점점 현정이와 멀어져만 가는 걸까.

왜 자꾸 우울해지기만 하는 거지?

나도 모르는 내 마음을 알고 싶어 일기장에 적어 본다. 현정이가 나한테 원하는 게 뭔지 알고 싶고, 나는 현정이한테 뭘 바라는지 알고 싶어 내 마음을 들여다본다. 혼란스러워 하는 나, 아파하는 나를 들여다본다.

사춘기를 앓고 있는 내 딸 현정이의 "나 좀 안아 줘. 빨리 나 좀 안아 줘"와 "나가!" 사이에서 엄마인 나는 혼란스럽다. 울먹이며 엄마를 필요로 하는 현정이와 엄마를 밀어내는 현정이 사이에서 나는 아프다.

뚝뚝 떨어져 내리는 눈물에 눈앞이 뿌옇게 흐려져 더 이상은 일기를 쓸 수 없을 만큼 나는 아프다.

아무한테라도 안아 달라고 두 팔을 뻗으며 매달리고 싶다.

아무한테라도 나가라고 소리치고 싶을 만큼 혼자이고 싶다.

빈 의자

I say, { 엄마도 엄마 얘기에 귀 기울여 줄 사람이 필요한 거야? }

"소현인 뭐냐? 못 오면 미리 말을 해야지."

지원이가 휴대폰 문자를 확인하고는 화부터 낸다.

"진짜? 못 온대?"

급한 마음에 지원이 옆으로 바짝 붙어 서서 문자 메시지를 들여다본다.

"아프다나 뭐라나. 쳇, 뭐냐, 정말."

지원이가 팔뚝으로 나를 밀친다.

"아, 정말, 뭐냐."

"내 말이. 아파서 못 와도 약속 시간 30분 전에는 미리 알려줘야 되는 거 아니니? 기껏 버스 정류장까지 나왔더니 어쩌라는 거야."

지원이는 내가 '정말, 뭐냐?'고 투덜거렸더니 소현이한테 한 소리인 줄로만 안다. 난 소현이한테 그런 게 아니다. 그깟 문자 메시지도 못 보게 하는 지원이 바로 너한테 한 거라구.

그러나 이런 말을 입 밖으로 내뱉지는 못한다. 지원이랑 말싸움을 해 봤자 본전도 못 건질 게 뻔하니까. 아마 우리 학교에서 지원이를 말로 이길 애는 아무도 없을걸?

그러나저러나 정말 큰일이다. 꼴 보기 싫은 지원이와 지원이 단짝인 민지와 아무하고나 잘 지내는 소현이까지, 넷이서 수영장에 가기로 했는데 소현이가 못 나온단다. 솔직히 소현이가 없었으면 처음부터 얘들이랑 수영장에 갈 생각 같은 건 하지도 않았을 거다.

"못 가면 김소현만 손해지. 원래 오션파크 되게 비싼 데 아니야? 지원이네 엄마가 50퍼센트 할인권 주셨으니까 가는 거지. 빨리 가자."

민지가 지원이 팔짱을 끼며 발걸음을 서두른다. 버스를 타고 시청역에 가서 1호선으로 갈아타기만 하면 된다면서 잘난 척이다. 지원이나 민지나 둘 모두 잘난 척이라면 우리 학교에서 1, 2등을 다투는 애들이다. 게다가 민지는 친절함이라고는 눈을 크게 뜨고 찾아보려야 찾아볼 수 없다. 중간고사 때도 영어 예상 문제 좀 찍어 달라고 했더니 문제를 가르쳐 주기는커녕 비키라고 인상을 썼다.

소현이도 없이 지원이랑 민지랑 하루 종일 오션파크에 있어야 한다구?

내가 저 잘난 척들이랑 과연 제대로 물놀이나 할 수 있을까?

아무리 생각해도 자신 없다. 소현이라도 있으면 어떻게든 버텨 본다지만 나 혼자서는 감당이 안 되는 애들이다. 여름 방학 내내 수영장에 가지 못한다 해도 차라리 그 편이 나을 것 같다.

"저기 있잖아. 아무래도……."

내 말에 벌써 시청역으로 가는 버스에 한 발을 올려놓은 지원이가 홱 등을 돌려 쳐다본다. 지원이 뒤에 서 있던 민지까지 재촉한다.

"빨리 안 타?"

"빨리 타. 버스 떠나겠네."

나는 얼른 뒤로 물러서며 손을 흔든다.

"미안, 잘 갔다 와. 난 다음에 같이 갈게."

다행히 버스는 지원이와 민지가 뭐라고 대꾸할 틈도 없이 출발해 버린다.

뭐냐, 정말.

지원이와 민지가 나를 두고 할 말이 귀에 들리는 것만 같다.

그래도 뭐 할 수 없잖아?

차라리 잘됐다. 어차피 오션파크에 갔어도 즐거울 리가 없다. 모두 새 수영복을 가져 왔을 텐데 나만 초등학생 티가 팍팍 나는 수영복일 테니까.

혹시 소현이도 수영복 때문에 못 온다고 한 걸까.

문득 그런 생각이 들었지만 곧 고개를 내젓는다. 둔감한 소현이가 그런 데까지 신경 쓸 리가 없다.

정말 많이 아픈 건가.

소현이한테 전화를 걸어 본다. 받지 않는다.

웬만해선 안 나올 소현이가 아닌데…….

걱정하며 터벅터벅 걷기 시작한다. 여름 방학이 시작된 지 열흘이나 지났지만 학원에 가지 않는 한 딱히 갈 곳도 없다. 영어 학원에 가려고 해도 아직 몇 시간이나 남아 있다.

버스 정류장 근처를 서성이다 집으로 발걸음을 돌린다.

아, 정말 짜증 난다.

중학생이 되면 뭔가 멋진 일이 기다리고 있을 것 같았다. 중학생이 되면 뭔가 신 나는 일이 벌어질 것 같았다. 중학생이 되면 드라마 속 주인공처럼 첫사랑도 하게 될 줄 알았다.

칫, 그런데 초등학교 때랑 달라진 게 없잖아. 첫사랑에 빠지기는커녕 좋아하던 민석이 얼굴도 보기 힘들잖아.

뭔가 신 나는 일, 뭔가 가슴 시리도록 슬픈 일, 뭔가 아름다우면서도 흥분되는 일은 왜 일어나지 않는 걸까. 다른 애들도 모두 나처럼 김빠진 사이다 같은 여름 방학을 보내고 있는 걸까.

그런 생각을 하는 사이에 어느새 집에 도착했다.

"엄마. 나, 라면!"

신발을 벗기도 전에 주방을 향해 소리친다. 그래, 이런 날엔 뜨거운 라면을 먹으면서 땀을 뻘뻘 흘리는 거야. 이열치열이라는 말도 있으니까.

"라면 끓여 달라니까!"

어쩐 일인지 아무 대답이 없다. 분명 집에 있어야 할 엄마가 보이지 않는다. 대체 어디 간 걸까, 고개를 갸웃거리며 주방으로 가 가스레인지 불을 켠다. 아무도 없는 집에 파란 불꽃만 이글거린다. 얼른 냄비를 불 위에 올려놓고 라면 봉지를 뜯는다.

쉭쉭. 쉭쉭.

곧 물이 끓고 냄비 뚜껑이 달그락거리기 시작한다.

쉭쉭. 쉭쉭.

빈 집에 울려 퍼지는 소리가 왠지 무섭다. 서둘러 냄비 뚜껑을 열고 라면을 집어넣는다.

냄비 받침이 어디 있더라.

주위를 둘러보지만 눈에 띄지 않는다. 싱크대 서랍을 열어 본다. 세 번째 서랍 속에 들어 있다. 그런데 일회용 비닐봉투와 손톱깎이와 냄비 받침 사이에 낯선 노트가 있다. 붉은 바탕에 자잘한 꽃무늬가 아로새겨진 노트, 분명 가계부는 아니다.

뭐지?

첫 장을 넘긴다.

"'일기장을 샀다. 우리 딸 현정이의 초등학교 졸업식을 하루 남겨 놓고 이 일기장을 샀다.' 이거 엄마 일기장이었어?"

두근두근, 심장이 세차게 뛴다.

엄마의 일기장이라니!

첫 장을 펼치자마자 흥미진진한 일이 벌어질 것만 같다. 잘못된 일인 줄 뻔히 알면서도 눈을 딴 데로 돌릴 수가 없다.

그러나 첫 장을 다 읽기도 전에 두근두근 내 심장을 뛰게 하던 흥분감은 쿡쿡 심장을 저리게 만드는 통증으로 변해 버리고 만다.

쉭쉭. 쉭쉭.

벌써 반이나 쫄아 버린 냄비 속 라면 물을 들여다보다 가스레인지 불을 끈다. 화르르 이글거리던 파란 불꽃이 순식간에 꺼져 버리는 것을 바라보다 엄마의 일기장을 들고 내 자리에 가서 앉는다. 식탁 앞 내 자리. 이 자리는 엄마가 설거지를 하거나 요리하는 모습을 정면에서 볼 수 있다. 여기에 앉아 밥이나 간식을 먹을 때면 엄마는 언제나 내 앞에 앉아 말을 건다.

지금 엄마의 자리는 텅 비어 있다.

나는 텅 빈 자리를 멀뚱히 바라보다 다시 일기장으로 시선을 돌린다.

'엄마가 도와준답시고 나서서 제대로 된 일이 뭐가 있어!'

현정이의 말이 귓가를 맴돌았다.

내 딸은 나를, 이 엄마를 그렇게 생각하는 걸까.

현정이한테 나는 정말 쓸모없는 엄마인 걸까.

초등학교 졸업식을 앞두고 내가 그런 말을 했다니. 기억도 나지 않는다. 진짜 내가 그랬단 말이야?

나는 하나도 기억나지 않는 말 때문에 엄마는 스스로를 쓸모없다고 생각했다니.

그러는 동안 나의 소녀 시절이 떠올랐다.

그래, 나도 소녀였던 적이 있었지. 나도 열네 살이었을 때가 있었지. 첫 생리를 시작했을 때, 처음 브래지어를 사게 되었을 때, 그때 나도 현정이처럼 엄마가 내 마음을 알아주었으면 싶었지.

어쩌다 나는 나의 소녀 시절을 잃어버렸을까.

나는 나의 소녀 시절을 떠올리게 해 준 현정이가 고맙고, 제 마음을 몰라준 것이 미안해서 등을 쓸어내리고 또 쓸어내렸다.

일기장을 넘기다 깜짝 놀라 손을 멈춘다.

엄마한테도 소녀 시절이 있었다니.

한 번도 생각해 보지 못했다. 꿈에도 해 본 적이 없다. 엄마는 언제나 우리 엄마였으니까. 엄마는 처음부터 그냥 엄마였으니까.

그럼 엄마도 나처럼 사춘기를 겪었단 얘기야? 나처럼 좋아하는 남자애 생각하느라 공부 안 하고, 괜히 짜증 나고, 걱정하고 그런 때가 있었다는 거야?

어쩌면 지금도 엄마의 마음속 어딘가에는 나처럼 상처받기 쉽고, 사랑받고 싶어 하는 여자애가 있을지도 모른다는 생각이 들었다. 그러자 팔뚝에 오소소 소름이 돋는다.

난 정말 어떻게 된 딸인 거지?

다음 장엔 과연 어떤 말들이 씌어 있을까.

모른 척 덮어 버리고 싶은 마음과 끝까지 보고 싶은 마음 사이에서 갈팡질팡한다. 나는 엄마의 일기장을 넘기기가 두려운 건지도 모르겠다. 일기장을 넘길 때마다 엄마에게 준 상처가 얼룩처럼 남아 있는 걸 보게 될까 봐 무섭다.

그래서 한 장 한 장 차례대로 일기장을 들여다보지 못하고 곧바로 마지막 장을 펼친다.

"말도 안 돼!"

이건 정말 말도 안 된다. '나가!'라는 내 말 한마디에 엄마가 이렇게 상처를 받았다니.

엄마는…… 상처 같은 거 받지 않는 거잖아.

엄마는…… 상처 따위 받으면 안 되는 거잖아.

그런 거 아니었어?

분명 내 눈앞에서 벌어졌지만 믿을 수 없는 일을 겪은 것만 같다. 마지막 장을 몇 번이고 소리 내어 읽어 본다.

"'뚝뚝 떨어져 내리는 눈물에 눈앞이 뿌옇게 흐려져 더 이상은 일기를 쓸 수 없을 만큼 나는 아프다. 아무한테라도 안아 달라고 두 팔을 뻗으며 매달리고 싶다. 아무한테라도 나가라고 소리치고 싶을 만큼 혼자이고 싶다.' 정말 뭐냐고, 엄마!"

마치 엄마가 내 앞에 있는 것처럼 소리치고 만다. 엄마 대신 빈 의자만이 버티고 앉아 멀뚱히 나를 바라본다.

"진짜, 엄마 뭐야. 나 정말 별것도 아니었다고."

빈 의자에 대고 나는 속의 말을 하기 시작한다. 나도 억울하다. 나도 할 말이 있다.

"엄마! 내가 엄마한테 나가라고 소리친 날, 중간고사 끝나던 날 맞지? 난 그냥 엄마는 엄마니까 엄마한테라도 그러고 싶었다구. 엄만 모르지? 중간고사 마지막 날 내 기분이 어땠는지. 기말고사 봤을 때는 또 어땠구. 기말고사는 중간고사보다 더 못 봤잖아. 중간고사 끝났을 때는 그래도 엄마가 나한테 말이라도 걸었지. 이번엔 기말고사 보고 늦게 들어왔더니 엄만 야단은 커녕 말도 걸지 않더라. 아예 포기한 거야? 엄마! 내가 시험 끝나는 날마다 연락도 안 하고 늦게 온 건 진짜 잘못했어. 그렇지만 나도 어쩔 수가 없다구. 중학교에 올라와서 시험을 두 번 봤어. 두 번 다 실망의 연속이었다구. 기말고사는 너무 못 봐서 아빠한테 혼나면 어쩌나, 그 생각밖에 없었어. 그래도 엄마, 난 애들이랑 디팡도 타러 가지 않았어. 노래방에도 안 갔고, 피시방에도 안 갔어. 매번 시험 끝나는 날마다 내가 어디 있었는지 알아? 나 혼자 도서관에 있었어. 깜깜해질 때까지 혼자 도서관에 있었다구. 왜 그랬냐고? 엄만, 정말 그걸 몰라서 물어? 밝은 대낮에 얼굴 들고 돌아다닐 수가 없었으니까. 시험은 내가 못 봤잖아. 그래서 화가 나. 내가 싫어. 집에 일찍 오면 엄마한테 짜증 낼까 봐. 내가 짜증 내면 엄마도 짜증 내잖아. 내가 울상을 하면 엄마 아빠는 나보다 더 슬퍼하잖아. 그래서 그냥 소리치는 거야. 나가라고 소리치고, 엄마 밉다고 소리치고, 아빠 싫다고 소리치는 거야. 소리치는 게 우는 것보다 낫다구. 난 그래. 엄마 정말 바보야?"

내 앞의 빈 의자에 대고 따져 묻는다. 내가 바보냐고 따져 묻고 소리쳐도 엄마는 대답하지 않는다.

"어휴, 정말 웃긴다. 내가 무슨 말만 하면 엄만 바로 뭐라고 대답을 하잖아. 그런데 엄마가 아무 말 안 하고 내 말을 들어주기만 하니까 나도 이렇게 말하게 되네. 엄마도 그래서 나한테 말 못한 거야? 엄마가 무슨 말만 하면 내가 소리 지르고 짜증내니까? 음…… 우리 진짜 이상한 모녀인가 봐. 같이 있을 땐 만날 싸우고 없을 땐 서로 속상해하구. 어제만 해도 그렇잖아. 난 엄마가 애들이랑 오션파크 갈 때 입으라고 새 수영복 사 준다고 했을 때 실은 진짜 고마웠어. 수영복 매장에 가기 전까지만 해도 비싼 거 말고 싸면서 좋은 걸 사자, 정말 그런 마음이었다고. 그런데 엄마가 수영복 매장에 도착하자마자 매대로 뛰어가니까 고마운 마음이 싹 사라져 버리더라구. 어제도 내가 소리를 지르긴 했지. 만날 이런 것만 사 줄 바에야 차라리 그만두라고 나와 버린 것도 나야. 그래도…… 그래도 엄마, 난 지금 사춘기라고. 나도 다른 애들처럼 유행하는 신발 신고 싶고, 비싸도 아이들 앞에서 폼 잡을 수 있는 메이커 옷 입고 싶다고. 수영복도 한 번 사면 몇 년을 입을 거잖아. 엄마! 엄마도 가끔은 그냥 내가 원하는 걸 사 주면 안 돼? 가끔은 아무 말 없이 내 말 좀 들어 주기만 하면 안 돼? 엄만 내가 속상한 일 있어서 털어놓으면 이건 이렇게 해라, 엄마 생각에는 그렇게 하는 게 좋겠다, 꼭 해결책까지 말해 주잖아. 난 엄마한테 내 문제를 해결해 달라는 게 아니야. 속상하니까 아무한테도 말할 수가 없으니까, 엄마한테 털어놓고 울고 소리치고 싶은 것뿐이라고. 응? 엄마, 지금처럼 가만히 그냥 내 이야기만 들어 줄 수는 없는 거야?"

내가 혼자 이야기 하고 혼자 묻는 내내 빈 의자는 그저 조용히 듣고만 있다. 문득, 엄마의 일기장이 엄마에게 무엇인지 알 것만 같다. 엄마에게 일기장은 어쩌면 지금 내 앞의 빈 의자와 같은 것일지도 모르겠다.

"그러니까 엄마도 그저 가만히 엄마 얘기에 귀 기울여 주는 사람이 필요한 거야?"

전구에 불이 켜지듯 머릿속에 반짝 하고 생각이 떠오른다. 나는 얼른 일어나 내 방으로 달려간다. 12색 사인펜을 들고 나온다. 갈색 사인펜을 들고 맨 마지막 장을 펼친다. 아직 빈 칸으로 남은 귀퉁이에 빈 의자 하나를 그려 넣는다.

"난 역시 미술에 소질이 있어. 꽤 괜찮은데?"

이번엔 빨간 사인펜을 꺼내 빈 의자 아래에 하트를 그린다. 그리고 초록색 사인펜으로 빨간 하트 안에 이렇게 적어 넣는다. 빈 의자 쿠폰.

"역시 창의력은 나를 따를 자가 없다니까."

완성된 빈 의자 쿠폰을 들여다보며 혼자 피식 웃는다. 엄마가 이 쿠폰을 발견하면 어떤 표정을 지을지 상상해 본다. 엄마 입가에 번질 미소를 떠올리는 것만으로도 내 마음속 딱딱한 스펀지에 물이 스민다.

나, 왜 이래?

짜증 났다, 기뻤다 슬펐다, 즐거웠다, 너무 오락가락하는 거 아니야?

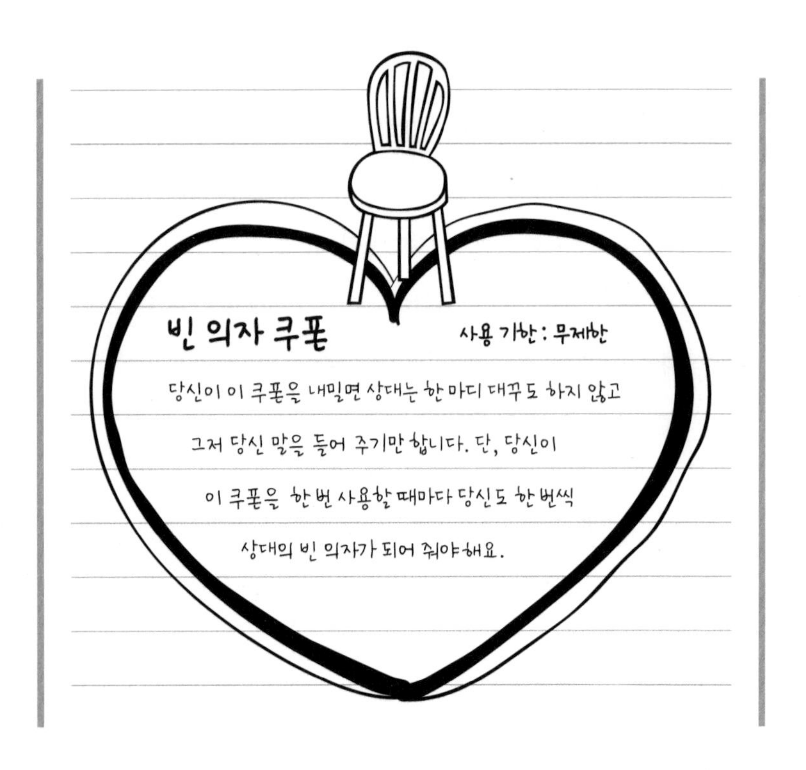

윤현정, 너 정말 왜 이러니? 사춘기라서 그래?

그때 바지 주머니 속 휴대폰이 쩌르르 진동한다.

"뭐, 진짜? 지금 '인어공주의 남자'를 찍고 있단 말이야? 알았어. 편의점 앞으로 달려갈게. 아, 맞다. 내가 갔을 때 혹시 다 끝나 버리면 안 되니까 소현이 네가 사진 좀 찍어. 응, 간다고 가!"

휴대폰 너머에서 들려오는 소현이 목소리도 나만큼이나 다급하다. '인어공주의 남자'를 우리 동네 편의점에서 찍고 있다니. 소현이 말로는 아파서 병원에 갔다가 오는 길인데 '인어공주의 남자'가 소현이 앞을 가로막더란다.

네가 나한테 뭐냐고? 넌 나한테 인어공주야. 실컷 사랑하다가 내가 원할 때 사라져 주는 인어공주. 그렇게 나쁜 말만 골라 하는데도 어쩜 그렇게 멋져. 아, 제발! 얼굴 한 번 보기만 해도 무조건 당신의 인어공주가 되어 줄게요! 제발, 내가 갈 때까지만!

엄마의 일기장 IV

빈 의자 쿠폰이라고?

mom says,

내 딸이 이제 엄마 마음도
헤아릴 정도로 컸구나

한동안 떨림이 멈추지 않았다.

현정이가 들어오는 건 아닌지, 몇 번씩이나 현관문을 확인했으면서도 가슴이 두근거렸다. 백화점에 갔다가 돌아왔더니, 현정이가 내 일기장을 소리 내어 읽고 있었다. 막 문을 열고 들어온 참이었는데 '엄마' 소리에 우뚝 멈춰 서고 말았다. 하필이면 마음 아프다고 하소연한 대목을 읽고 있을 건 뭐람. 어찌나 창피한지 땅속으로 숨어 버리고만 싶었다. 지금 생각해 보니 그 순간에는 왜 엄마 일기장을 훔쳐보느냐고 혼낼 생각도 하지 못했을 만큼 당황했던 것 같다.

식탁 앞에 앉은 현정이가 이번엔 '엄마 뭐냐'고 소리쳤다. 순간, 들켰구나 싶었다. 어떤 얼굴로 현정이를 마주 보나 걱정하며 한 발 내딛는데 다시 말소리가 들려왔다.

"엄마! 내가 엄마한테 나가라고 소리친 날, 중간고사 끝나던 날 맞지? 난 그냥 엄마는 엄마니까 엄마한테라도 그러고 싶었다구. 엄만 모르지?"

그렇게 시작된 현정이의 혼잣말은 언제까지고 계속됐다. 중간고사 마지막 날 왜 늦게 왔는지, 기말고사 때는 어떤 기분이었는지, 현정이는 마치 내가 앞에 앉아 있기라도 한 것처럼 얘기하고 있었다. 다른 애들은 다 놀러 가고 자기만 혼자 도서관에 갔다고 얘기하는데 나도 모르게 쫓아 나가 왜 그랬냐고 물을 뻔했다.

뒤이어 들려온 현정이의 혼잣말이 내 발목을 붙들었다. 나는 현관과 거실 사이에 놓인 유리문 중간에 서서 꼼짝도 할 수 없었다. 나는 묵묵히, 몰래, 한 마디 대꾸도 하지 못하고 현정이 혼잣말을 듣고만 있어야 했다. 내가 입을 다물고 침묵하자 현정이가 입을 열고 제 마음을 이야기했다.

"엄마, 난 지금 사춘기라고. 엄마도 가끔은 그냥 내가 원하는 걸 사 주면 안 돼? 가끔은 아무 말 없이 내 말 좀 들어 주기만 하면 안 돼?"

나는 마치 현정이가 내 앞에 있기라도 한 것처럼 고개를 끄덕였다. 내가 현정이 맘속 이야기를 들어 주자 현정이도 내 맘속을 들여다보기 시작했다.

"그러니까 엄마도 그저 가만히 엄마 얘기에 귀 기울여 주는 사람이 필요한 거야?"

그 순간 내 마음속 어두운 방 안에 환하게 불이 켜졌다. 내 딸이 이렇게 컸구나. 이제 엄마 마음도 헤아릴 정도로 커 버렸구나. 두 눈이 뜨거워졌다.

울 일도 참 많네. 이게 지금 울 일이니?

속으로 울음을 삼키며 빼꼼히 고개를 내밀고 현정이를 훔쳐봤다. 사인펜으로 내 일기장에 뭔가를 적고 있었다. 저 혼자 피식피식 웃으며 한참 들여다봤다.

대체 뭐라고 적은 거지? 가만있어 봐. 현정이가 뭔가 적어 놨다는 건 내 일기장을 몰래 훔쳐봤다고 말하는 거나 다름없잖아. 이거 어떻게 해야 되는 거야? 현정이가 훔쳐본 걸 모른 척할 수도 없는 거 아니야?

고개를 갸웃거리는데 현정이 휴대폰이 울렸다. 소현이가 '인어공주의 남자'를 찍고 있다고 알려 주자마자 득달같이 일어났다.

어쿠쿠, 깜짝 놀라 후다닥 현관문을 열었다. 얼른 계단 위로 올라가 몸을 숨겼다. 현정이가 현관문을 열고 나와 계단을 뛰어 내려가는데 신발 끈도 제대로 묶지 않았다.

누가 내 딸 아니랄까 봐.

쇼핑백을 챙겨 들고 주방으로 들어갔다. 일기장이 식탁 위에 그대로 펼쳐져 있었다.

할 수 없지 뭐. 이따 들어오면 이거 주면서 내 일기장은 뭐 하러 봤냐고 한마디 하기는 해야겠네.

현정이 수영복이 든 쇼핑백을 식탁 위에 올려놓고 일기장을 집어 들었다. 일기장엔 쿠폰 하나가 그려져 있었다. 사용 기한이 무제한인 '빈 의자 쿠폰'이었다.

어느 날 갑자기 내 앞으로 날아온 행운권을 받아 든 기분이었다.

그 흔한 마트 행운권에도 한 번 당첨된 적 없는 내가 이런 큰 선물을 받다니.

나는 늘 내가 앉는 자리로 가서 현정이의 빈 의자를 바라봤다.

"현정아, 이게 뭔 줄 알아?"

나는 빈 의자에 대고 말을 건네기 시작했다.

"실은 어제 엄마도 마음이 좋지 않았어. 초등학교 때만 해도 넌 엄마가 어떤 옷을 사다 주든지 잘 입었잖아. 그런데 그거 알아? 중학생이 되더니 너 정말 변해도 너무 변했어. 속옷 하나도 엄마가 사 온 건 무조건 입기 싫다고만 하잖니. 어제도 수영복 사러 가서는 그게 뭐야. 엄마가 고른 건 쳐다보지도 않고 무조건 싫다고만 하더니, 엄마 딸을 매대에 쌓여 있는 할인 상품으로 만들고 싶은 거냐고? 나 왜 이러니. 또 따지고 있네."

빈 의자에 대고 "현정아!" 하고 불러 봤다. 빈 의자만 멀뚱멀뚱 나를 쳐다봤다.

"엄마라고 왜 너를 최고로 키우고 싶지 않겠니. 오늘 아침에 네가 수영장 간다고 나간 뒤에 엄마 맘이 어땠는지 알아? 내 딸한테 수영복 하나도 비싼 걸로 못 사 주는 내가 너무 싫고……. 백화점이다 마트다, 뭐 하나 사러 가기만 하면 무조건 매대로 뛰어가는 내가 너무 한심하고……. 어쩌다 내가 이런 아줌마가 됐지 싶은 게, 맘이 편치 않았어. 그래도 이것 봐라. 현정이 네가 정말 사고 싶어 하던 그 수영복이야. 엄마가 이거 사는데 얼마나 큰 맘 먹은 줄 알아? 근데 막상 계산하려니까 손이 다 떨리는 거 있지? 야, 솔직히 이 수영복 한 벌 살 돈이면 쌀이 한 가마다. 엄마 때는 남대문에서 파는 수영복도 없어서 못 입었는데. 요즘 애들은 왜 이래? 중학생이 꼭 이렇게 비싼 수영복을 입어야 되는 거야?"

빈 의자는 아무 대꾸도 없었다. 내 말을 듣기만 했다. 그래서 오래도록 내 마음을 이야기했다.

어쩌면 이제 일기장 대신 빈 의자, 너한테 얘기하는 날이 더 많아질지도 모르겠다고 생각하면서.

그리고 또 어쩌면 현정이가 원하는 것도 실은 그리 대단한 게 아니었구나 생각하면서.

에필로그

오늘은 1학년 1반 학부모 모임이 있는 날입니다. 2학기 들어 처음으로 열리는 학부모 모임을 앞두고 현정이 엄마는 아침부터 분주해요. 입고 나갈 옷과 핸드백과 구두까지 다 찾아 두었지만 영 마음이 놓이지 않나 봐요. 그도 그럴 것이 어제 마트에서 마주친 지원이 엄마 말이 머릿속에서 계속 떠나지 않기 때문이에요.

"현정이가 어떻게 부회장이 됐는지 모르겠어요. 우리 지원이야 1학기 때 회장이 안 된 게 더 이상한 거였으니까, 이번에 회장된 건 너무 당연하지만요. 현정이가 공부는 못해도 그래도 애들한테 인기는 있나 봐요?"

현정이 엄마는 생각할수록 약이 올랐어요.

지원이 엄마 잘난 척이야 이미 알고 있었지만 그래도 대놓고 그런 말을 하다니.

현정이 엄마는 마트에서 돌아온 뒤로 잔뜩 벼르고 있답니다. 학부모 모임에 나가서 지원 엄마 코를 납작하게 눌러 주겠다고 말이죠.

"쳇, 자기 딸이 회장이면 뭐 자기도 회장이야? 아니지. 어머니회 모임 하면 회장 엄마가 당연히 회장이지. 지원이 엄마가 회장이 맞긴 맞네. 그럼 뭐야, 우리 현정이가 부회장이니까 나는 부회장 엄마? 그러니까 나, 부회장 엄마인 거야?"

부회장 엄마!

어제부터 현정이 엄마 머릿속엔 한 가지 생각밖에는 없습니다.

부회장 엄마에 어울리는 옷차림, 부회장 엄마에 어울리는 몸가짐을 하자!

그리하여 모임에 나가는 현정이 엄마는 여느 때와는 다릅니다. 늘 입고 다니는 청바지 대신 검정 원피스를 입고 낡은 운동화 대신 굽이 7센티미터나 되는 구두를 신었어요.

살랑살랑 한 걸음 내딛을 때마다 온몸에 전해져 오는 기분 좋은 흔들림에 현정이 엄마는 하이힐을 신었다는 사실을 실감합니다. 오랜만에 여자로 되돌아간 기분이에요.

오전 11시 30분. 아직 점심시간이 되려면 30분이나 남았지만 모임을 갖기로 한 한정식집은 벌써부터 자리가 꽉 찼습니다. 테이블마다 자리를 채우고 있는 사람들은 대부분 현정이 엄마 또래의 주부들이네요. 그저 같은 반 엄마들끼리 밥 한 끼 먹는 것뿐인데도 다들 한껏 차려입었습니다.

'그러니까 그동안 나만 너무 사람들 눈을 신경 쓰지 않고 살았나 봐. 우리 현정이가 립스틱이라도 발라라, 꼭 그 패딩 점퍼를 입고 가야겠느냐, 참견할 만도 했네. 아무튼 오늘은 나도 잘 차려입고 왔으니까.'

현정이 엄마는 한정식집을 한 번 둘러보고는 곧장 엄마들이 모여 있는 자리에 가서 앉습니다.

"말도 안 돼. 소현이 엄마는 왜 하나만 알고 둘은 몰라요? 아무리 학원비가 싸면 뭐 해. 성적이 나와야지. 시간은 돈 주고도 살 수 없어요. 6개월이나 다녔는데도 성적이 오르지 않는데 왜 학원을 안 바꿨어요? 얼른 바꿔요, 얼른."

현정이 엄마보다 일찍 와 있던 엄마들 모두 지원이 엄마 입만 쳐다보고 있어요. 지원이 엄마는 구구절절 옳은 말만 해 대며 화제를 이끌어 나갑니다. 소현이 엄마에 이어 민지 엄마는 민지가 비비크림을 바르고 다니는 것도 몰랐느냐고 혼나고, 선호 엄마는 선호가 만화방에서 로맨스 소설을 빌려 오는 걸 그냥 놔두면 어떡하느냐고 혼이 납니다. 지원이 엄마한테 혼나지 않는 엄마들이 없어요.

"아, 맞다. 현정이 엄마, 그거 알고 계셨어요?"

현정이 엄마가 이제 막 나온 북어조림을 향해 젓가락을 들이미는데 지원이 엄마가 쳐다봅니다.

'드디어 내 차례인가.'

현정이 엄마는 숨을 들이마시며 지원이 엄마 입을 바라봅니다. 보나마나 좋은 소리는 아닐 거예요.

"현정이가 우리 반 애들한테 '빈 의자 쿠폰'이라는 걸 발행하고 다닌다는데요?"

"네?"

뜻밖의 말에 현정이 엄마가 깜짝 놀라 묻습니다.

"빈 의자 쿠폰?"

"그게 뭐예요?"

엄마들이 호기심을 보입니다. 눈을 빛내며 현정이 엄마의 대답을 기다리네요.

"그게 그러니까……. 제가 우리 현정이가 중학생이 된 뒤로 일기를 쓰고 있는데……."

현정이 엄마가 우물쭈물 말을 시작하려는데 지원이 엄마가 대뜸 끼어듭니다.

"내가 하나 가져왔잖아. 우리 지원이가 어제 현정이한테 받았다면서 보여 주더라고."

지원이 엄마가 코팅이 된 의자 모양 쿠폰을 테이블 위에 올려 놓습니다.

"어머, 이게 뭐야? 빈 의자 쿠폰. 사용기한 무제한. 당신이 이 쿠폰을 내밀면 상대는 한 마디 대꾸도 하지 않고 그저 당신 말을 들어 주기만 합니다. 단, 당신이 이 쿠폰을 한 번 사용할 때마다 당신도 한 번씩 상대의 빈 의자가 되어 줘야 해요?"

민지 엄마가 빈 의자 쿠폰을 소리 내어 읽습니다.

"어디 나도 좀 보여 줘 봐."

"나도, 나도."

엄마들 모두 빈 의자 쿠폰을 서로 먼저 보겠다고 난리네요. 현정이 엄마는 자꾸 웃음이 나고 허리가 꼿꼿이 펴집니다.

"이거 정말 괜찮은 아이디어다. 사실 남이 말하는데 대꾸 한 마디 안 하고 들어 주는 게 어디 쉬워요?"

"맞아요. 나도 우리 민지가 말할 때마다 그래 무조건 끝까지 들어 주기만 하자, 그렇게 매일 결심하고 또 결심해도 도루묵이라니까. 엄마가 한 마디도 안 하고 애 말을 끝까지만 들어 줘 봐. 사춘기는 뭔 사춘기. 안 그래요?"

"그거야 그렇지. 그런데 그게 우리 같은 평범한 엄마들이 쉽게 할 수 있는 일인가요. 도를 닦아야죠, 도를."

"도는 아무나 닦나요. 이거 정말 좋네. 내가 한 번 빈 의자 노릇을 해 주면 나도 언제든 상대방한테 빈 의자가 되어 달라고 할 수 있는 거잖아요. 나도 우리 민지랑 해 볼까 봐요."

"아니, 그런데 현정이 엄마는 현정이를 어떻게 이렇게 훌륭하게 키웠어요?"

"정말. 그 비결 좀 알려 줘요."

"현정이 엄마도 현정이랑 빈 의자 쿠폰 사용해 봤어요?"

엄마들의 이런 반응을 전혀 예상하지 못했는지, 정작 말을 꺼낸 지원이 엄마는 어째 뾰로통합니다. 입술을 삐죽거리며 빈대떡만 집어 먹고 있어요. 실은 처음 어머니회 모임 장소에 도착했을 때부터 현정이 엄마는 지원이 엄마가 옆에 내려놓은 명품 핸드백이며 값비싼 브랜드의 투피스에 잔뜩 기가 죽어 있었습니다. 그런데 지원이 엄마가 빈 의자 쿠폰 이야기를 하자마자 현정이 엄마가 단번에 화제의 중심에 서게 된 거죠.

아무리 비싼 핸드백을 들고 좋은 옷을 입으면 뭐 해. 겉만 번지르르해 봤자 아무 소용없잖아? 나처럼 내실이 있어야지, 내실이.

"그게 그러니까 어떻게 된 거냐 하면 말이죠."

현정이 엄마는 호기심으로 눈을 빛내는 엄마들을 휘휘 둘러봅니다. 그러고는 딸을 어쩌면 이렇게 훌륭하게 키웠는지, 그 비결에 대해 이야기하려고 입을 열기 시작합니다.

얼마의 시간이 흘렀을까요.

현정이 엄마가 잠시 목을 축이려고 물 잔을 들어 올리는데 맞은편 벽에 걸려 있는 시계의 작은 바늘이 숫자 3 위에 걸려 있지 뭐예요.

"어머나, 벌써 3시네?"

"정말이요? 우리 둘째 유치원에서 돌아올 시간이네."

"그만 가야겠어요."

"다음 번 모임 정해지면 연락 주세요."

현정이 엄마 생각으로는 아주 조금, 정말 아주 조금 현정이 자랑을 한 것 같은데 벌써 시간이 이렇게나 흘러갔다니요.

현정이 엄마도 서둘러 핸드백을 들고 일어섭니다. 한정식집에서 밖으로 나오자마자 곧장 집을 향해 걸어갑니다. 살랑살랑 7센티미터 하이힐이 전해 주는 기분 좋은 흔들림을 만끽하면서요.

"현정아, 현정아!"

현관에 현정이 운동화가 있는 걸 발견한 현정이 엄마, 대뜸 현정이를 소리쳐 부르며 현정이 방 안으로 뛰어듭니다.

"오늘 무슨 일이 있었는 줄이나 알어?"

"또 뭔데? 동네 바자회에 인어공주의 남자라도 왔어?"

"그거랑 비교도 안 돼. 오늘 엄마가 지원이 엄마 코를 아주 납작하게 만들어 줬지."

"피, 거짓말. 지원이네 엄마가 누구한테 질 분이야? 지원이보다 더했으면 더했지 절대로 덜하지 않은 분이라고."

"어머머, 얘가. 너 엄마 말 못 믿어? 이 엄마가 오늘 모임에서 어깨에 힘 좀 줬다니까. 빈 의자 쿠폰 있잖아."

"엄마! 아줌마들 잔뜩 모여 있는 데서 또 내 얘기했어? 내가 정말 못 살아. 제발 그런 데서 내 얘기 좀 하지 말라니까!"

"내가 언제? 무슨 얘길 했다고 그래. 엄마가 네 얘기를 꺼낸 게 아니라 지원이 엄마가 먼저 그랬다니까. 현정 엄마, 현정이가 빈 의자 쿠폰 발행한 거 아느냐고."

"정말? 내가 우리 반 애들한테 빈 의자 쿠폰 발행한 걸 그 아줌마가 어떻게 알아? 하여간 지원이는 안 돼. 그래서?"

"그래서는 뭐가 그래서야. 그 빈 의자 쿠폰 덕에 엄마가 완전 스타가 됐다니까."

"스타는 무슨……. 하여간 엄마는 과장이 너무 심해."

"너 정말 이럴래? 엄마가 말을 할 수가 없잖아, 말을. 아, 맞다. 빈 의자 쿠폰이 있었지."

현정이 엄마는 곧장 안방으로 달려가 빈 의자 쿠폰을 가지고 나옵니다.

"자, 받어. 이 쿠폰 지금 사용하는 거야."

"엄마!"

"쉿, 아무 말도 하지 마. 빈 의자 쿠폰 사용 중이잖아. 이거 내밀면 엄마 말 끝날 때까지 들어 주기만 하는 거 맞지?"

"뭐야, 엄마! 이 쿠폰을 아무 때나 막 사용하면 어쩌라구!"

현정이는 머리를 막 쥐어뜯어요. 그런데 머리를 쥐어뜯으면서도 엄마 앞 빈 의자에 가서 앉는 거 있죠?

:: 작가의 말

안녕하세요, 문학전도사 이명랑입니다. 저는 동화와 소설을 쓰는 작가입니다. 그런데 왜 저를 문학전도사라고 소개했느냐구요? 그럴 만한 이유가 있답니다.

제가 꼭 여러분 나이일 때 '문학'을 처음 만났지요. 저는 사춘기를 심하게 앓고 있었고, 저의 모든 것이 싫었어요. 내 얼굴은 왜 이렇게 못생겼지? 우리 아빠 엄마는 왜 이렇게 잔소리가 심한 거야? 내 친구들은 용돈도 많이 받는데 난 겨우 이게 뭐야? 내가 좋아하는 가수 오빠 사진도 사야 하고 탤런트 언니가 바르는 립스틱도 사야 하는데, 이런 쥐꼬리만 한 용돈으로는 아무것도 할 수 없잖아?

정말 모든 것이 다 싫었어요. 온통 싫은 것, 귀찮은 것, 짜증 나는 것뿐이었지요. 네? 여러분도 그 마음 다 알 것 같다구요?

맞아요. 사춘기 땐 그럴 수 있잖아요. 그런데 어른들은 어느새 사춘기를 까맣게 잊어버렸나 봐요. 매일 눈뜨기 무섭게 빨리 학교 갈 준비해라, 나쁜 친구와 어울리지 말아라, 용돈 아껴 써라, 옷은 또 그게 뭐니, 공부 좀 해라!

어휴, 내 마음이 어떤지는 하나도 모르면서 잔소리만 하잖아요. 물론 다 옳은 소리, 뼈가 되고 살이 되는 얘기인 건 알아요. 그래도 가끔은 내 얘기를 들어 주기만 하면 좋겠잖아요. 그런데 어른들한테는 그게 그렇게 어려운 일인가 봐요. 나도 모르는 내 마음, 나도 어쩔 수 없는 내 마음 때문에 나는 이렇게 힘든데 대체 나더러 어쩌란 얘기일까요?

그렇게 힘들고 외롭고 갈피를 잡지 못할 때, 저는 '문학'을 만났습니다. '문학'은 인정받지 못해 괴로워 흘리는 눈물을 닦아 주고, 친구들 때문에 잠 못 이루는 밤을 같이 새워 주고, 시도 때도 없이 변덕 부리는 마음을 따듯하게 감싸 안아 줬지요. 그러니까 '문학'을 가장 필요로 하는 사람은 아마도 지금 사춘기를 심하게 앓고 있는 청소년들이라고 생각해요.

그래서 저는 사춘기를 앓고 있는 청소년들을 만날 때면 늘 '문학전도사'라고 자기소개를 한답니다. 여러분에게 제가 사춘기 때 만났던 문학을 나눠 주고 싶으니까요.

이번에 여러분에게 들려주는 이야기 《사춘기라서 그래?》에는 그런 제 마음을 담았답니다. 《사춘기라서 그래?》의 현정이는 여러분과 하나도 다를 것이 없는 평범한 소녀예요. 그런데 이 평범한 소녀에게도 사춘기는 어김없이 찾아왔어요. 외모, 친구, 부모님과의 갈등 등등 사춘기 때 겪을 일을 하나도 빠짐없이 겪고 있답니다.

만약 여러분이 현정이라면 어떻게 할 것 같아요? 현정이의 이야기를 통해서 여러분 스스로 해답을 찾아보기 바랍니다. 이 이야기는 바로 여러분 자신의 이야기니까요.

2014년 초여름

이명랑